Katja Kessler

Frag mich, Schatz, ich weiß es besser!

Schatzi D. (45), Prämium-Papi; Liebes-Rangliste: 1. Sein Kaffeebecher; 2. Unsere Eibe; 3. ich

Yella (7), unser großer Augenstern; schreibt »mama, ich hap dich lipp«; vorbildlich

Caspi (5), aktuelles Lieblingswort: scheißendoofblöd!

Ich (40), früher Zahnärztin; arbeite daran, aus Schatzi einen (noch) besseren Menschen zu machen

Baby Lilly (11 Monate): scheut sich nicht, ihre 2 x 4 Zähne in den Unterschenkel von Caspi zu hauen

Kolja »Kolinski-Schlawinski« (3): versenkt gern mal Cent-Stücke in der Pfefferminz-Fußcreme von Mama

Omi Kiel (74), krabbelt im Auto immer auf die Rückbank, wird von mir seit vier Jahrzehnten zwangs-emanzipiert

Sämtliche in diesem Buch erwähnten Personen haben mittlerweile die Bundesrepublik Deutschland verlassen und leben unter neuem Namen an vor der Öffentlichkeit geheim gehaltenen Orten. Selbst Personen, deren Namen frei erfunden sind, haben diesen abgelegt.

Alle in diesem Buch beschriebenen Ereignisse haben sich tatsächlich so zugetragen – mit Ausnahme derer, die frei erfunden sind.

Grundsätzlich ist dies ein ernstes und ernstzunehmendes Buch. Als solches haben Satire und Ironie nichts darin zu suchen, können sich aber durch die Hintertür, ein Touristenvisum oder den zweiten Bildungsweg eingeschlichen haben.

Amen.

Katja Kessler

Frag mich, Schatz, ich weiß es besser!

Diana Verlag

FSC
Mix
Produktgruppe aus vorbildlich bewirtschafteten Wäldern und anderen kontrollierten Herkünften

Zert.-Nr. SGS-COC-1940
www.fsc.org

Das für dieses Buch verwendete FSC-zertifizierte Papier *Munken Print White* liefert Arctic Paper Munkedals AB, Schweden.

6. Auflage
Originalausgabe 10/2009

Dieses Werk wurde vermittelt durch die
Literarische Agentur Thomas Schlück GmbH, 30827 Garbsen
Umschlaggestaltung und Illustrationen: Caroline Ronnefeldt, Hamburg
Herstellung: Helga Schörnig
Satz: Greiner & Reichel, Köln
Druck und Bindung: GGP Media GmbH, Pößneck
Printed in Germany 2009
978-3-453-35178-3

www.diana-verlag.de

Für alle, die ich lieb habe

Inhalt

Baumkraulen

Oder: Warum ich NICHT davon träume, Claudia Schiffer zu sein

Viele Frauen wünschen sich ja, sie wären Claudia Schiffer oder Eva Mendes. ICH wünschte, ich wäre unsere Eibe!

Am Freitag stand ich mit Schatzi in unserem Garten. »Du, sag mal«, fragte er wach wie ein Fuchs, »lässt das Teil Nadeln?«

Interessanterweise kriegen Männer sonst ja noch nicht mal mit, wenn die eigene Frau Glatze trägt oder sich eine Blumenvase auf den Kopf transplantieren lässt.

Ich merkte, wie Eifersucht in mir aufstieg.

Was hatte diese Eibe, was ich nicht habe?

»Der Baum hat Stress«, erklärte mir der rasch herbeigerufene langhaarige Pflanzendoktor Marke Jesus.

»STRESS?!«, schrie ich. »Wo kommen wir denn da hin, wenn jetzt auch schon Bäume Stress haben?! Fragen Sie ihn doch mal, ob er vielleicht auch Heimweh hat?!«

Den Witz konnte Jesus nun gar nicht verstehen. Stattdessen stellte er mir ein umfangreiches Baum-Wellness-Paket zusammen: wässern, düngen, kraulen. Kraulen? Ja, Sie lesen richtig. Ich bekam eine Kupferbürste in die Hand gedrückt. »Damit den Stamm abbürsten. Macht die Rinde schön!«

Soll ich ehrlich sein? Ich habe vier Kinder zu versorgen,

ein Haus und einen Mann. Ob ich da noch einen Baum massiere, auch egal.

Aber meine Eifersucht lässt mich trotzdem nicht los. Vielleicht sollte ich mich mal als Sturmschaden verkleidet ins Bett legen? Womöglich hat Schatzi da ja noch eine verborgene Seite …

Hilfe, er versteht mich nicht!

Oder: Warum Männer Molukkanisch sprechen

Die Eskimos kennen zwanzig Worte für Schnee. »Ügü«, »Wügü«, »Schnügi« – so in der Art. Was dann heißt: »weicher Schnee«, »harter Schnee«, »noch mehr Schnee«. Macht ja auch Sinn: Was sollen die über Palmen reden?

Auf den Molukken wiederum spielt Schnee eine eher untergeordnete Rolle. Hier denkt man (wenn man unter der Palme liegt, Bier trinkt und Nordpol-Radio hört): Was haben die Eskimos mit ihrem Ügü-Wügü-Schnügi-Gelaber? Schnee ist Schnee. Die sollen mal zum Punkt kommen.

Genauso verhält es sich mit Männern und Frauen. Genauso ist es mit Schatzi und mir, wenn wir uns unterhalten. Ich benutze Vokabeln, die er einfach nicht versteht. Ich bin der Eskimo, er der Molukkaner.

Unsere Brotdiskussion ist so ein Fall. Schatzi mag Kruste. Schatzi mag es hart. Das habe ich nach sieben Jahren Ehe – ich schwör's! – nun wirklich begriffen. Ich weiß nur nicht, ob er begreift, dass ich es begreife. Vielleicht ist es auch so, dass in seiner Molukken-Welt einfach nicht zwischen *hart* und *trocken* unterschieden wird. Jedenfalls ziehe ich regelmäßig versteinerte Brotlaibe aus dem Brotkorb. Dann erkläre ich ihm – in einfachen, klar strukturierten Sätzen: »Du müssen tun Folie um Brot. Sonst Brot nix hart, Brot nur aua. Wir alle beißen Zähne aus und müssen tragen Prothese, verstehen?«

Und?

Nichts. Die nächste Brotmumie lässt nicht lange auf sich warten.

Oder auch die Frage, wie viel Deko auf dem Küchentisch stehen darf, konnte seit sieben Jahren verbal noch keiner befriedigenden Lösung zugeführt werden. Ich habe es, nun ja, gern opulenter. Schatzi bangt um die Freiheit seiner Kaffeetasse und der Morgenzeitung. Bereits hundertfach erklärte ich ihm: »Aber da ist doch mehr als genug Platz, Schatzi!« Mit dem Ergebnis: Meist ist zwei Tage Ruhe, dann geht's wieder von vorne los.

Nun habe ich mir schon überlegt, ob man vielleicht die frei benutzbaren Tischflächenanteile mit Noppen beschichten sollte. Dann kann er sie mit den Fingern abfahren wie ein Blinder. Wenn das männliche Sprach-Versteh-Zentrum offensichtlich so luschig ausgebildet ist, muss man als Frau eben andere Wege gehen und an die taktilen Sinne appellieren.

Unlängst gab's dann einen etwas blöden Zwischenfall. Ich schaffte ein Weihnachtsgeschenk von Schatzi heimlich ins Geschäft zurück: eine antike Holzkiste, ganz hübsch. Natürlich lobte ich ihn ausgiebig für seine Wahl. (Aber, machen wir uns nichts vor: Das Blau passte natürlich überhaupt nicht.)

Tja, und dann ging Schatzi ins Geschäft, um mir zum Geburtstag auch noch die dazupassenden Kerzenhalter zu kaufen. Bei der Gelegenheit sah er dann sein ehemaliges Weihnachtsgeschenk im Regal stehen.

Was soll ich sagen?

Er versteht das eben nicht.

My Home is my Balkon

Oder: Vom Glück mit kackenden Tauben

Schatzi unterstellt mir ja immer, ich sei auf einer Verkehrsinsel groß geworden. Ich gestehe: Ja, wir hatten zu Hause niemals Terrasse oder Garten. Aber ich gestehe auch: Ich hab's nie vermisst. Wie man's kennt, kennt man's halt.

Später dann, in meiner Studentenzeit, entschied ich mich im Zweifel auch stets für die Butze ohne Balkon. Wahrscheinlich bin ich da wie das Schaf meiner Schulfreundin Katharina. Das stand zeit seines Lämmerlebens auf einer abgefressenen Brennnessel-Koppel und fraß Brennnesseln. Als es dann im Teenie-Alter auf eine frische Weide voller Gras kam, worauf stürzte es sich als Erstes? Richtig. Auf die Brennnesseln.

Nun ist Schatzi in mein Leben getreten. Und mit ihm gleich zwei Balkone. Allerdings sind Balkone nicht gleich Balkone. Nach einem ungeschriebenen architektonischen Naturgesetz befindet sich der größere, geräumigere, schönere natürlich stets auf der Nordseite des Hauses, ist von der ältesten Kastanie der Stadt verschattet und auch nur durchs Badezimmer erreichbar.

Dafür ist der Süd-Balkon nach einer weiteren ungeschriebenen Architektenregel garantiert nicht größer als ein ausgepucktes Kaugummi. Was ambitionierte Großstadttussen wie mich aber nicht davon abhält, aus ihnen eine Leistungsschau mediterranen Wohnens zu machen: Teakholztisch, -stühle, -kissentruhe, -sonnenschirm. (Alles aus zertifiziertem Holzeinschlag versteht sich, ich bin ja kein Umweltschwein.) Und in Terracotta-Kübeln lasse ich Lavendel und Olivenbäume dem Hamburger Schietwetter entgegentrotzen.

Aber nicht nur Schatzi und zwei Balkone sind in mein neues naturverbundenes Leben getreten, auch eine Großfamilie fettgefressener Hamburger Stadttauben. Mag sein, dass sie auf ihrem Weg zu den grauen Mülltonnen und tristen liegen gelassenen Brötchen dieser Stadt einfach auch gern mal in eine farbenfrohe Mittelmeer-Kulisse kacken. (Ist ja nicht so, dass Tauben keinen Anspruch hätten.) Mag auch sein, dass es sie wie die Störe an den Ort ihrer Geburt zurückzieht. Jedenfalls: Regelmäßig finde ich widerliche kleine weiße Taubeneier unter meinen Blumen.

Nun bin ich kein Ornithologe, nur eine einfache Taubenhasserin – aber biologisch muss es wohl so sein, dass der Tauben-Mama ihre Eier einfach hinten rauskullern. In den wenigsten Fällen nämlich finde ich zum Corpus Delicti ein passendes Nest. Neulich lag ein Ei auch einfach mal auf dem Steinfußboden. Praktischer geht's nimmer. Ich gebe die Dinger dann immer der Stadtreinigung zum Fertigbrüten.

Gestern nun installierte ich, drei an Drähten baumelnde ziemlich unmediterrane schwarze Plastikraben aus dem Baumarkt. Die kitzeln Schatzi und mich beim Weintrinken jetzt ein bisschen im Genick.

Es war ein langer Weg von meiner Verkehrsinsel hierher, es hat mich zweiunddreißig harte Jahre gekostet, aber der Blick die Straße hinunter, der Blick auf Hunderte baumelnde Raben an Drähten bestätigt mir: Es ist so weit: Ich bin stolze Besitzerin der balkonischen Staatsbürgerschaft.

Cracker im Faxgerät

Früher Promiparty, heute Wickeltisch:
Oder: Die entscheidende Wende in ihrem Leben

Früher, bevor ich Schatzi kennenlernte, hatte ich eine Vielfliegerkarte der Lufthansa im Portemonnaie, war so dicht an Pierce Brosnan dran, dass ich alle seine Frontzahnkronen zählen konnte, (vier Stück!) und ging jede dritte Woche zum Strähnchenmachen.

Dann kam Yella, unsere Tochter.

In meinem Portemonnaie steckt jetzt die Rabattkarte der Drogerie, aus der ich jede Woche die Jumbopakete mit den Windeln schleppe. Und die Strähnchen im Haar sind strähnigen Haaren gewichen. Was zwar ähnlich klingt, aber nicht dasselbe ist.

Auch meine Sprache verkommt: Wer hundertmal am Tag »Eia-popeia!« und »Du-Du!« sagt, kriegt irgendwann keine ganzen Sätze mehr hin. Das ist wie eine verkürzte Sehne am Bein. Die wird auch nur mit ganz viel Training wieder lang.

Vom aufrechten menschlichen Gang bin ich ebenfalls Meilen entfernt: Ich krieche mit meinem Kind; den Weg ins Bett finde ich auch nur noch auf allen vieren. Ich bin fix und foxi, satt und alle, und wenn ich in den Spiegel gucke, tut mir mein Mann leid.

Ich lese auch nicht mehr »Bunte« und »Gala«, sondern lasse mich von Stillratgebern und Babyentwicklungsbüchern in meinem Frausein inspirieren. Deren Botschaft ist klar: Schick ist, wo du schnell die Möpse rausholen kannst. Und ein bockendes, schreiendes Baby ist kein bockendes, schreiendes Baby, sondern das Kind einer Mutter, die alles falsch macht.

Die Handtasche quer, die Schuhe platt, ein Ego wie eine Erbse, dafür ein Busen wie zwei Melonen – typisch frisch gebackene Mama. Man könnte denken: Im Kreißsaal wurde sie nicht nur von ihrem Baby entbunden, sondern auch von ihrem Geschmack. Bei den Kinderwagen gibt sie allerdings jetzt gern Gas. Super-Alu-Leichtlauf-Teile mit drei Rädern – das einzig wahre Statussymbol, das Mutti haben muss. Bei Bedarf auch nachrüstbar mit – kein Witz – Sportfelgen und Coffee-to-go-Halter.

Vorhin machte mal wieder das rote Licht meines Faxgeräts hilflos *blink! blink!* Yelli, unser kleiner Sonnenschein, hat mit ihrem Patschehändchen zum x-ten Mal einen Reiscracker in den Schlitz fürs Papier gequetscht. Auch das Telefon, mein Autoschlüssel, das Handy – alles klebt und ist vollgelüllert.

»Ja, guckt die denn gar nicht nach ihrem Kind?«, werden Sie fragen.

Doch. Nonstop. Ich *könnte* gar nicht weggucken.

Das ist nämlich die beste Party meines Lebens.

Wie erziehe ich mein Kind?

Oder: Schon den Erziehungsratgeber von Prof. Dr. Schlau gelesen?

Wenn Schatzi morgens aus dem Haus geht, sind wir eine Weiberwirtschaft. Omi Kiel, Baby Yella (elf Monate), ich. Vielleicht sind wir auch ein Zoo. So genau lässt sich das durch geschlossene Türen manchmal nicht sagen:

»Wo ist der kleine Tiger? Ich krieg dich!«

Dann krabbeln und schliddern die jüngere und die ältere Generation juchzend und quietschend übers Parkett. Und ich, die mittlere, bin abgemeldet. Mein Baby mobbt mich, Omi ist die heimliche Königin. Ob mir das passt oder nicht.

Beruf Großmutter. Ausbildungszeit: neun Monate. Wich-

tigstes Charaktermerkmal: Teflon. Wie die Pfanne. Alles gleitet ab.

Schatzi und ich haben das große Glück: Wir haben nicht nur eine Teflonpfanne, äh, Oma, wir haben gleich zwei. Sagst du im befreundeten Mütterkreis: »Unsere Omi ist fit, pflegeleicht, kinderbetreuungswillig, wohnt nicht am anderen Ende von Deutschland und zankt sich noch nicht mal mit ihrem Schwiegersohn«, siehst du den Neid in den Augen blitzen wie sonst nur noch bei dem Satz: »Wir haben drei Millionen beim Lotto gewonnen.«

Ja, Omis im Haus sind der wahre Luxus. Wer spricht so perfektes Urwalddeutsch? »Ha bubu? Hattu tattu!« Wer sitzt bitte noch morgens um drei neben dem Kinderbettchen und zieht unverdrossen zum vierzigsten Mal die Spieluhr-Krake auf?

Und wer lässt sich mit solchem Langmut erklären, dass er eigentlich keine Ahnung hat von Babybetreuung, weil er

leider nicht den neuen 1000-seitigen amerikanischen Erziehungsratgeber von Prof. Dr. Schlau gelesen hat?

Aber das Objekt der Begierde hat natürlich auch seine Tücken. Omi Kiel zum Beispiel ist nicht nur Teflon, sondern auch Tomate. Eine treulose, um exakt zu sein. Ich kann gar nicht entspannt mit ihrem Schwiegersohn zanken, ohne dass sie wie eine beschützende Glucke ihre Flügel über ihm ausbreitet. Und besonders infam: Sie rührt ihm bereitwillig mehrmals die Woche in der Küche seinen Lieblingskräuterquark zusammen.

Da kann doch keine Ehefrau mithalten!

Eine wichtige Sache vergisst man dabei glatt: Omis sind natürlich nicht nur Omis, sie sind auch Mütter. Und so ganz nebenbei erziehen sie nicht nur dein Baby, sondern auch dich. Nachsitzen inklusive.

Kürzlich hockte ich völlig k. o. mit meinem widerborstigen kleinen Schreimonster auf dem Schoß, das trotzig die Beine warf, inmitten von entleerten Lego-Tonnen, angeknabberten Uno-Karten, einer umgekippten Nuckelflasche, aus der Milch auf unseren Teppich tropfte, und blätterte hektisch und hilflos bei Prof. Dr. Schlau, das Kapitel suchend: »Was, wenn ich gleich ausflippe?«

»Tja, mein Schatz«, strahlte mich Omi Kiel irgendwie verdächtig gut gelaunt an, »kommt eben alles zurück im Leben!«

Man spricht »Denglisch«

Oder: Bei der Post gibt's »Freeway Paketmarken« und bei Karstadt den »Summer Sale«

Haben Sie schon mal versucht, in einem stinknormalen Handy-Shop ein stinknormales Handy zu kaufen? Das geht total einfach und macht richtig Laune! Gesetzt den Fall, Sie haben a) gerade ein Wörterbuch in der Handtasche, oder sind b) staatlich diplomierte Übersetzerin. Oder aber c) Sie haben einen ausgeprägten Hang zum Masochismus.

Da hätten wir also zum Beispiel WAP. Die WAP? Das WAP? Der WAP? Keine Ahnung! Jedenfalls: Mit die-das-der WAP kann man über einen speziellen Mikro-Browser irgendwas downloaden. Wunderbar! Macht mich als Hausfrau schon mal unheimlich happy. Fun und Action verspricht natürlich auch die kabellose Connectivity zum Bluetooth-Laptop. Okay, Leute, denke ich mir. Dann komme ich morgen noch mal wieder.

Doch kaum raus aus dem hippen Acryl-Schleiflack-Laden und rein in eine miefige Postfiliale – und weiter geht's mit BSE (bad strange English). Ich bin hier nämlich bei einem Global Player, muss man wissen. Und was so ein »Global Player« ist, der verscheuert nicht einfach nur Briefmarken. Der verkauft »Freeway Paketmarken«, »eShipping« und »Officepack Basis« an speziellen »Countern«. Was aber keinen Unterschied macht. Die Schlange ist trotzdem fünf Kilometer lang. Und so geht es fröhlich weiter: »Summer Sale« mit Karstadt und »Flowär Powär!« bei Blumen-Fiete. Nun sind die Bösen aber nicht nur die anderen. Manchmal sitzt der Verräter auch in den eigenen Reihen. Fragen Sie mal Ihren Computer: Bei »Ich glaub's« und »Savoir-vivre« macht er entsetzt Kringel unter die Wörter. »Feedback«, »happy« und »Lifestyle« schluckt er, ohne zu mucken.

Aber der Schlimmste aller Schlimmen ist natürlich mein kleiner Bruder. Statt wie seine Schwester was Ordentliches mit deutschem Namen gelernt zu haben, ist der Schlingel »IT-Manager« geworden (sprich: Ei-Ti-Mänädschjär). Oder war es »Web-Coach«? »Content-Broker«? Ich krieg das immer durcheinander.

Was lernen wir? Den einzig wahren Umgang mit »Denglisch« pflegen die Männer von der Berliner Müllabfuhr. Ihr Werbespruch: »We kehr for you.«

Urlaub

Oder: Zwei gut durchblutete Vollidioten unterwegs

Die Eine-Million-Euro-Frage bei Günther Jauch ist nichts gegen die Diskussion, die Schatzi und ich alle Jahre wieder führen: wohin im Sommer?

Nein, wir gehören nicht zur Gruppe der Früh-Spar-Super-Sonderangebots-Mitnahme-Bucher, sondern zur hektischen Masse der kurzfristig Kurzentschlossenen.

Was das Ganze spannend macht: Wir wissen noch nicht mal, was wir wollen. Aber eine Punktlandung soll es, bitte schön, trotzdem sein. Am liebsten den schönen Nordsee-Urlaub wie vor drei Jahren, diesmal in Kombination mit Bergen. Ein Cluburlaub wäre auch okay, wenn der Club keine Gäste hat. Und wenn landestypisches All-you-can-eat-Buffet, dann eines, bei dem man abnimmt.

Im August vor zwei Jahren fiel unsere Wahl auf Süd-Sardinien: Die freundliche Dame vom Reisebüro hatte uns auf den letzten Drücker ein Paket geschnürt: zwei Wochen zum Preis von fünf – da kann man nicht meckern. Sardinien ist gefragt.

Erster Eindruck auf dem Weg vom Flughafen zum Hotel: Staub. Letzter Eindruck auf dem Weg vom Hotel zum Flughafen: Staub. Dazwischen – richtig! – sehr viel Staub.

Im letzten Sommer entschieden wir uns für ein Bergdorf in den Alpen. Gott sei Dank kein Staub – leider aber auch keine Sonne. Bei minus fünf Grad stand ich in kurzärmeliger Bluse bibbernd auf der Alm. Mein Koffer mit dem Ersatzpulli hatte auf dem Weg Hamburg-Zürich leider die Abzweigung nach Island genommen. Ich meine: Ich bin es ja gewohnt, dass der eigene Koffer grundsätzlich als letzter übers Gepäckband rollt. Aber wie muss man das werten, dass dem vorletzten diesmal kein letzter folgte?

Dieses Jahr nahm uns Baby Yella die Frage nach dem Wohin ab. Nicht Dom Rep oder Mallorca. Statt Flieger lieber Auto. Unser Ziel: der Krakower See in Meck-Pom. Ums kurz zu machen: kein Staub. Kein Bibbern. Dafür *sehr* viele Mücken, die auf uns warteten.

Mit freudig-erregtem Wwwwwww! bekundeten die sirrenden Plagegeister jeden Abend aufs Neue ihre Begeisterung darüber, dass sich ein paar gut durchblutete Vollidioten aus der Stadt zu ihnen verirrt hatten. Meinen Lebenssaft sollten sie haben, meinetwegen. Aber sie piekSten natürlich ihre gierigen Rüssel auch in Klein-Yelli.

Für nächstes Jahr habe ich noch keine Idee.

Aber ich frage Sie mal was: Ist dieses ganze Wegfahren nicht irgendwie dumm? Jeder weiß doch: Auch zu Hause kann man wunderbar frieren und sich stechen lassen. Und was Staub angeht: Ich glaub, da muss ich nur mal mit meinen Bücherregalen sprechen.

Fit werden, faul bleiben

Oder: Finger weg von Ayurveda!

Haben Sie schon mal einen dieser Finden-Sie-raus-welcher-Typ-Sie-sind-Ayurveda-Fragebogen ausgefüllt? Dolle Sache. Da erfahren Sie, was Sie gar nicht wissen wollten. Dass Sie schöne Haare haben, aber leider auch grobporige Haut und Schweißfüße. Oder Sie sind »tolerant«, neigen aber zu fieser Trägheit und Schleimbildung.

Egal welcher Typ, »Vata«, »Pitta«, »Kapha«, Sie kriegen immer einen verplättet. Das soll Wellness à la Indien sein? Danke, kann man als Frau eigentlich auch ganz gut drauf verzichten.

Trotzdem, Wellness boomt. Alle meine Freundinnen lassen sich auf irgendeine Art quälen. (Gesichtspeeling mit gestoßenen Walnussschalen? Klar. Warum nicht gleich mit der Hobelmaschine von Black & Decker drübergehen?) Oder sie machen mir Fitness-Stress, weil sie dreimal die Woche zehn Kilometer mit Bleigewichten an den Fußgelenken um die Alster joggen und mit glühenden Augen davon berichten. Und ich? Mein erster Schritt in Richtung Fitness? Schon vor Jahren legte ich mir einen Fitness-Club-Mitgliedsausweis zu. Ein sehr praktisches Teil, das man jederzeit für alle Freunde und Arbeitskolleginnen gut sichtbar wie eine goldene Kreditkarte mit sich führen kann. (Leider versäumte ich nach dem allerersten anstrengenden Aufwärmtraining, je wieder hinzugehen.) Dafür schleppe ich mich jetzt ins Spa (nicht zu verwechseln mit »Spar«). Hier legen sich FFWs wie ich (Faule Fortgeschrittene Wellnesser) einfach auf eine Liege: ein bisschen Kaviar-Algen-Tinktur hinter die Ohren, anschließend Klangschalen-Akupunktur und die Zweihundert-Grad-Kräutersauna. Soll den Körper reinigen und Kräfte freisetzen. Mit prompter Wirkung, muss ich sagen. Beim anschließenden Einkaufen räumte ich ausgeruht und entschlussfreudig den halben Schlemmermarkt leer.

Preiswerter ist natürlich Wellness zu Hause. Mein Tipp: ein stechend riechendes Entschlackungs-Schlammbad nach Dr. Dr. Wurzel. (Hält Fliegen und Ehemänner fern.) Und das Beste: Beim anschließenden Schrubben der Wanne gibt's, ich schwör's!, Muckis wie Arnold.

Aber was wäre Wellness ohne Rooibos, Soja, Dinkel und das Ex-Kaninchen-Futter Rucola? Schmeckt zwar alles so, dass sich der Enddarm schon vorher zusammenzieht, aber Ayurveda-Fan Nadja Auermann klagt auch nicht, wenn sie ihr Gläschen Buttersäure kippt.

Scheiße, wie konnte ich nur jemals Nudeln mit Sahnesoße lecker finden? Nein, ich bin für Wellness! Eine Bitte nur an die Industrie: Könntet ihr für mich vielleicht Gummibärchen aus rechtsdrehenden Gummibärchenkulturen und Schokolade von freilaufenden Bodenhaltungs-Schokobohnen entwickeln? Und was Sport angeht: Mir reicht da auch eine DVD …

Pushi-Mushi!

Oder: Nieder mit den Naturschönheiten!

In meinem nächsten Leben werde ich Naturschönheit, das ist schon beschlossen.

Ich werde mich morgens in niedlichen XS-Shorts auf Schatzi stürzen, mein Haar wird anmutig fallen. Und voller Verachtung werde ich auf mein verstorbenes Ich gucken, das im Bett immer diese langen uncoolen extrawarmen Schlafanzughosen trug. Ich habe Wimpern wie Markisen und eine Haut wie ein Neugeborenes.

Bis dahin allerdings lebe ich das Leben einer typischen Mit-sich-nicht-zufrieden-Seierin im täglichen Krieg mit Wimpernzange, Lockenschere und dem ultimativen Wonderbra der Firma Pushi-Mushi. Denn auch das ist klar: Kampflos wird das Feld nicht geräumt.

An der Busenfront gibt es schon nachhaltige Erfolge zu verzeichnen: Als ich neulich mit umgeschnalltem Pushi-Mushi einen BH kaufen ging, meinte die Verkäuferin: »Na, Sie haben doch bestimmt Größe C!« Will man ja nicht widersprechen. Aber eitel, wie frau ist, auch lieber nichts mehr anprobieren. Sonst fliegt der Schwindel ja auf.

Unverrichteter Dinge verließ ich also den Laden.

Oder ich entscheide mich für die »En nature«-Variante vom letzten Freitag: husche ohne Brustgeschirr, mit Schlabbershirt, zerrubbelter Frisur und schiefem Kajalstrich mal eben zum Bäcker. Da treffe ich dann natürlich alle, die ich nicht treffen will: meine Nachbarin, die alte Pestbacke. Noch eine Nachbarin (ebenfalls eine Pestbacke). Und die neue

Freundin von dem Typen, mit dem ich auch mal geknutscht habe. (Natürlich nur, weil ich nicht wusste, dass ich mal Schatzi kennenlernen würde.)

Gestern dann der Oberhorror: Überraschungsklingeln von Freunden an der Haustür. Soll ja Leute geben, die glauben, das sei eine witzige Idee. Ist es sicherlich auch – aber nur, wenn man, wie der Besuch, vorher fünf Stunden im Badezimmer die Brauen lackieren konnte. Oder zur Feindesfraktion der Naturschönheiten gehört. Aber die wollte ich ja eigentlich aus meinem Leben verbannen.

Nach derart unangenehmen Erlebnissen überlege ich mir dann immer: Höchste Zeit, dem vergänglichen Äußeren abzuschwören. Was, wenn ich mich auf die inneren Werte besinne?

Zum Beispiel: Pünktlichkeit, Ordentlichkeit, Sparsamkeit!

Pünktlichkeit, Ordentlichkeit, Sparsamkeit?

Ich fürchte, das ist was für mein nächstes Leben. Vorher versuch ich's noch mal mit Pushi-Mushi.

Der Handwerker kommt

Oder: Achtung, große Klöten!

Ich gehöre zu der Sorte Frauen, die alleine noch nicht mal eine Glühbirne reingedreht kriegen. Sehe ich Pro7-Moderatorin Sonya Kraus in Zeitschriften fröhlich mit rotierenden Kettensägen posieren, denke ich nur: Räschpekt! Räschpekt!

Ich brauche leider immer einen Handwerker: zum Beispiel für den Bildernagel an der Wand. Gibt mir einfach ein gutes Gefühl, wenn der Fachmann mit dem Zollstock misst, loshämmert, als wolle er den Eiffelturm in die Wand treiben, am halb versenkten Kopf ruckelt, ein Wandputzfladen groß wie ein Klodeckel zu Boden kracht und er feststellt: »Geht nich'. Is'n Träger hinter!«

Schöner hätte ich die Wand auch nicht versauen können.

Meist greift dann Plan B: Der Handwerker hämmert ein bisschen weiter links und trifft – gekonnt ist gekonnt – ein Stromkabel.

Es folgt Plan C: ein bisschen weiter rechts. Hier wartet eine Rigipswand auf den Hammer – und meine Nerven. Wer hätt's gedacht? Geht nich', weil geht nich'. Was so eine Rigipswand ist, die trägt höchstens einen Topflappen.

Nun gibt es einen großen Unterschied zwischen durchlöcherten Wänden und zerfetzten Nerven: Die Wände kann man immerhin ein bisschen spachteln.

Und wenn sich nach Stunden die Tür hinter dem Tunichtgut schließt, bleibt mir nur die Großpackung Baldrian und eine Überarbeitung meines Einrichtungskonzepts. Wobei:

Sehen gelehnte Bilder nicht ohnehin viel cooler aus als so spießig gehängte?

Dann wäre da auch noch das Thema Zeitabsprache. Die letzte Klempnerfirma fragte ich: »Wann schicken Sie denn Ihren Monteur?«

»Zwischen 7 Uhr 30 und 18 Uhr. Dann aber pünktlich.«

17 Uhr 59 durfte ich meinen Gast begrüßen: ein Kreuz und ein Geruch wie ein Gorilla, schwarz angelaufene, 18-mal geklemmte Fingernägel. Der Gott der Rohre und verstopften Klos beugte sich nur einmal über meine Waschmaschine, stirnrunzelte: »Hab nich' das richtige Werkzeug dabei. Muss noch mal los!«, und verabschiedete sich dann mit den lapidaren Worten: »Wird aber heut nüscht mehr.«

Aber was sind zerstörte Wand und sinnloses Rumgewarte gegen die optische Herausforderung, die so ein Handwerkerbesuch birgt? Am Wochenende lief im Fernsehen der Beitrag: »Handwerk heute«. Ich erfuhr: Bolleriger Blaumann ist out. Es lebe antailliert in Erdtönen.

Scheint mein letzter Elektro-Mensch nicht mitgekriegt zu haben. Als er letzte Woche bei mir zu Hause auf die Leiter stieg, grinste mich hinten seine bepickelte, behaarte Poritze an.

Anders der Computer-Reparatur-Mensch, der gestern da war. Den hatte sein Chef in eine Art Simpsonbaby-Riesenlatzhose aus rotem Tuch gestopft. Kaum dass ich ihm mein WLAN-Problem schilderte, krabbelte er auch schon auf allen vieren unter den Schreibtisch. Statt Bauarbeiter-Dekolleté wie beim Elektro-Kollegen gab's diesmal dicke Klöten zu bestaunen.

Geht natürlich nur, wenn man sich dazu den Kopf von George Clooney vorstellt.

Aber Hand aufs Herz, Schwestern! Vielleicht gar keine so schlechte Idee …

»Bu-humm!«

Oder: Mein Kind, die Abrissbirne

Eigentlich hatten Schatzi und ich, als wir schwanger wurden, ein Baby bestellt. Geliefert wurde eine Abrissbirne. »Bu-humm!« ist das Lieblingswort unserer neunzehn Monate alten Tochter Yella. Allein letzte Woche verabschiedeten sich auf diese Weise eine Lampe, ein Wecker und diverses Geschirr aus der Wohnung und unserem Leben. »Gibt doch tolle große Terrarien«, schlägt Schatzi vor. »So eins könnten wir dem kleinen Teufel ja einrichten.« – »Meinst du?«, antworte ich. Und denke: Ist natürlich total unrealistisch. Viel wahrscheinlicher ist: Wir ziehen ins Terrarium, unsere Tochter kriegt die Wohnung.

Was machen wir bloß falsch? Alles, was nicht dazu bestimmt ist, steckt sich das kleine Luder in den Mund: Handys, Omis Brille, den Haustürschlüssel. Dafür kriegt man aber weder Gurken noch Karotten an der Kauleiste vorbeigeschoben. Frage: Worauf haben eigentlich die Kinder vor hundert Jahren herumgekaut?

Vor drei Tagen erst war ich mit Yella beim Arzt. Mein Kind und Süßigkeiten? Nie! Stand mir in großen Buchstaben auf die Stirn tätowiert. Dann kam der Arzt mit der quartalsfälligen Masern-Pocken-Pusteln-Hühneraugen-Immunisierungs-Kombi-Spritze. Dolles Teil. Fand auch Yella. Und fing an zu brüllen. So schnell, wie ich ein »Knoppers« hochkant zwischen den Zahnreihen unserer Kleinen parkte, hat das vor mir bestimmt noch keine Mutti geschafft.

»Papa Duhl, aff!!!«, ruft Yelli, wenn sie Zähne putzen soll.

Klingt wie »Papa, du Affe!« (und trifft's wohl auch). Papa steht dann allabendlich stramm wie beim Bundeswehr-Appell und hebt Prinzesschen auf den Stuhl vorm Waschbecken. Seit wir von einer Freundin erfahren mussten, dass sie Minimum dreimal am Tag mit ihrem Kind die Zahnbürste schwingt, sind wir auch Teilnehmer der Kariesfrei-bis-80-Olympiade. Leider ohne Medaillen-Chance. Wasserpütschern okay. Doch Putzen? Da verbeißt sich Yella lieber in die Borsten.

Vielleicht sollte ich einfach viel relaxter sein – wie meine Freundin Bettina. Neulich saßen wir mit Baby John im Café – die Mamas mit Apfelkuchen vor der Nase, John auf der Digitalkamera herumnuckelnd. Entsetzt beugte sich eine ältere Dame über den Kinderwagen: »Das ist ja ein FOTO-APPARAT!«

Bettina lächelte nett zurück: »Ja.«

»Aber die BAKTERIEN!«, mokierte sich die ältere Dame.

»Also«, befand Bettina, »ICH hab noch keine gesehen.«

Noch entspannter ist mein Freund Florian. »Cohola … Cohola … Cohola …«, plärrte sein knapp einjähriges Töchterchen Elena kürzlich beharrlich von der Autorückbank.

»Wie süß!«, kommentierte der Papa. »Solange sie nicht Gänsestopfleber ruft.«

Frag mich, Schatz, ich weiß es besser!

Oder: Warum Männer kein Navigationssystem brauchen

Der Witz ist alt: Warum braucht es eine Eizelle, aber hunderttausend Spermien? Weil Männer so ungern nach dem Weg fragen.

Männer & Autofahren! Der Mann zum Beispiel, der mit mir verheiratet ist, aus Diskretionsgründen hier aber nicht namentlich genannt sein möchte. Der fährt immer so, wie er denkt, dass das, wo er hin will, ganz in der Nähe sein könnte – und dann noch mal scharf links. Auf diese Weise kreisen wir das Ziel langsam ein.

Auch die Anschaffung eines Navigationssystems (darf unter seiner strengen Aufsicht bedient werden) hat uns nicht wirklich nach vorne gebracht. Seither ist Vati nämlich zum Chamäleon mutiert. Ein Auge starr geradeaus, eins besorgt nach schräg unten – immer gucken, was Mutti da fummelt.

»Du?«, kommt es mit tödlicher Sicherheit nach wenigen Sekunden. »Bist du dir sicher, dass das klappt? Brauchst du Hilfe?«

Merke: Nur Vati kann das Navigationssystem richtig bedienen.

Merke: Wenn's bei Mutti nicht klappt, ist Mutti schuld.

Und merke: Wenn's bei Vati nicht funktioniert, ist das System Müll.

Das sind das elfte, zwölfte und dreizehnte Gebot, die Moses am Hügel Sinai aus Versehen hat fallen lassen.

Männer würden sich auch eher im Kofferraum transportieren lassen, als im Taxi zur Frau auf die Rückbank zu klettern. (Hat auch was. Kann man sich wenigstens entspannt zurücklehnen und lustvoll lauschen, wie vorne der Taxifahrer breitbeinig mit ultimativen Fahrtipps eingedeckt wird.)

Aber selbst in meiner Küche sichte ich jetzt immer öfter einen männlichen T-Shirt-Träger mit der Aufschrift »Frag mich, ich weiß es besser!« Da stehe ich dann wie Aisye an der Spülmaschine und kriege erklärt: »Du Messer andersrum reinstecken! Teller nix hier. Teller da!«

Auch das Braten von Steaks geschieht neuerdings unter freundlicher Aufsicht: »Schön durch!/ Bloß nicht blutig!/ Lass es ruhig noch ein bisschen drin!« (Um dann fünfzig Minuten später die Pfanne als knuspriges Brikett zu verlassen.)

Die Hosen an hat bei uns aber trotzdem eine Frau: Yella, 2 ¼. Wenn ihr Götterpapi wortreich die Vorzüge des zuckerfreien Aufwachsens von Kindern bis zum Alter von zehn Jahren darlegt, wird das Gesicht rot, gehen die Augen zu, der Mund auf, und das Zöpfchen wackelt im Wind.

In Rekordzeit kriegt sie dann das, was sie will, nämlich ihr Gummibärchen.

Yella, ich begreife: Deine Mama kann noch viel von dir lernen.

Gespräche mit meinem Mettwurstbrötchen

Oder: Ein Leben in der Warteschlange

Schlange stehen – eine lebenslange Übung. Das begann bei mir schon in der Grundschule. Da warteten die anderen Kinder und ich immer vor der Turnhalle. Wobei: Eigentlich wartete da nichts außer einer Schlange Turnbeutel. Deren Besitzer spielten entspannt zehn Meter entfernt Gummi-

twist oder Fangen. Die Einzige, die zu doof war zu checken, wie das geht mit dem Platzreservieren, war ich. Ich stand einsam am Ende der Turnbeutel-Karawane und unterhielt mich mit meinem Mettwurstbrötchen.

Mittlerweile bin ich erwachsen und habe selbst Kinder. Aber mein Grundschultrauma hat mich nicht verlassen.

Neulich an der Kasse vom Schlemmermarkt. Vor mir eine Schlange von zehn verwaisten Einkaufswagen. Die Besitzer? Noch mal – schwupps! – was holen gegangen. Als ich Gleiches versuche und beladen mit drei Flaschen Cola und einem unters Kinn geklemmten Beutel Zwiebeln zurückkehre, ist mein Wagen nicht mehr auffindbar. Irgendwo hoffnungslos abgedrängt Richtung Schnapsregal.

Während ich mich die nächsten Minuten wieder tapfer

Richtung Kassiererin und Band vorarbeite, scharrt, wiehert, tippelt die ganze Zeit etwas in meinem Rücken: eine aufgeregte Ich-hab-ja-nur-zwei-Teile-und-warte-darauf-dass-man-mich-vorlässt-Tante.

Feindin! Rieche ich sofort! Jetzt! Da! Gleich wird sie dich ansprechen, Katja!

Und? Ich werde sie natürlich ignorieren! In der Sekunde (die Kassiererin meines Vertrauens eilt gerade das zehnte Mal durch den Laden, um vier Kirschen abzuwiegen): hinter mir ein Beben wie bei einer Büffelwanderung in der afrikanischen Serengeti. Neben mir hat eine zweite Kasse ihre Pforten geöffnet. Und ich? Steh wieder als Letzte in meiner Schlange.

Höchste Zeit für ein paar fiese Tricks. Letzte Woche probierte ich den der alten Ehepaare: Ich nahm meinen Mann mit zum Einkaufen. Er linke Kasse, ich rechte. Leider musste ich erkennen, dass Schatzi nicht zum Schwein geboren ist. Die bohrenden Blicke der anderen Weiber, die unausgesprochene Frage *Warum steht der Typ an, wenn er doch nichts in der Hand hat?* machten ihn völlig fertig. Nur Nano-Sekunden, und er stand wieder an meiner Seite.

Zuvor hatte er auch schon seinen Einsatz am Wursttresen vergeigt – trotz großem Schild um den Hals: *Mein Name ist Kai. Ich bin ein unbetreut einkaufender Mann. Als solcher neige ich zu Hamsterkäufen und lasse mir auch gern die oberste angelaufene Scheibe vom Mortadella-Stapel mitverkaufen. Ich bitte Sie! Schützen Sie mich vor mir selbst!*

Seither isst Schatzi tapfer zu Hause seine Wurstberge weg, und ich bin wieder alleine im Kampf gegen die Warteschlangen. Gestern versuchte ich es mit extra viel Zeit – den ganzen Vormittag nahm ich mir sogar frei.

Und? Was soll ich sagen? Es war zum Heulen. Weit und breit keine Schlange.

Die Superhausfrau

Oder: Doof sein kann jeder

Seit ich beschlossen habe, eine großartige Hausfrau zu werden, legt mir das Schicksal immer wieder fiese Prüfsteine in den Weg. Letzten Dienstag zum Beispiel streikte unsere Spülmaschine. Das mag daran liegen, dass ich sie schon die ganze Woche mit Calgon-Tabs gefüttert hatte. (Pssst! Für die Superhausfrauen unter uns: Calgon-Tabs tut man eigentlich in die Waschmaschine. Calgonit sind die für die Spülmaschine.) Jedenfalls wunderte ich mich noch, dass alle Gläser und Teller mit so merkwürdigen Schlieren aus dem Gerät kamen. Dafür hätten sie sich aber wahrscheinlich wunderbar bügeln lassen. Auch der mit mir verheiratete Technik-Experte Schatzi D., der zum Wechseln der Mülleimerbeutel gern den Miele-Kundenservice anrufen würde, stand, sich am Kopf kratzend, vor dem Phänomen. Ich ließ ihn kratzen und heuchelte Unschuld. Insgeheim aber schwor ich mir: nicht noch einmal! Aber sofort mach ich ihm die 150-prozentige-Hausfrauen-Nummer.

Gestern Abend aber gleich schon das nächste Malheur: Ich beizte parallel mein Gesicht und die Nägel ab, telefonierte mit meiner Freundin Betti und trieb mit den freien Füßen auch noch herumliegende Socken und Schuhe Richtung Garderobe. DAS nenn ich Hausfrauen-Multitasking!

Aber – bums! – wurde ich für mein Engagement auch schon bestraft: Kaum rubbelte ich nämlich mit den Augen-Make-up-Entferner-Pads über die Lider, brannten die wie Hulle. Pssst! Waren nämlich nicht die fürs *Augen-Make-up-*, sondern die mit *Nagellack*-Entferner getränkten Pads.

Aber ich glaube, man muss gar nicht Hausfrau sein, um Punkte im Doofsein zu sammeln. Heute Morgen wollte ich ein Paket mit DHL schicken.

»... Brahmsallee ...«, gab ich unsere Adresse zu Protokoll.

»Brahms ...?«, fragte der Versandexperte meines Vertrauens am anderen Ende der Leitung. »... Wie der DICHTER?«

Sehr gut! Den Mann mag ich!

Muss ich mich scheiden lassen?

Oder: Hier haben auch die Vorhänge Blähungen!

Der Anwalt meines Vertrauens, praktischerweise mein Schwiegervater, sagt immer, es gibt drei Gründe, sich scheiden zu lassen. Erstens: Er hat eine Neue. Zweitens: Sie hat einen Neuen. Drittens: Sie bauen ein Haus. Ergänzt um Punkt vier: Man baut nicht, renoviert nur – Schatzis und meine Variante.

Seitdem wir eine alte Bruchbude gekauft haben, fliegen bei uns die Kühe besonders tief. Warum will der Kerl nicht so, wie ich will? Warum versteht er nicht, dass ich weiß, was ihm gefallen wird, selbst wenn er noch keinen blassen Schimmer davon hat?

Mir schwebt eine Wohnküche vor. Mit allem Zipp und Zapp und der Alles-super-gar-in-drei-Minuten-Mikrowellen-Backofen-Brutzel-Kombination. Er sagt: »Lern erst mal kochen.«

Ich hätte gern den Skandinavian Style. Mit vielen Kissen auf einem tuffigen weißen Sofa. Und Vorhänge, die sich im Wind blähen. Er sagt, Quatsch, nix blähen. Wir hätten acht Monate im Jahr Winter in Hamburg. Und wenn er in Skandinavien leben wollte, könne er ja dahin ziehen.

Dann kam der Tag, als wir anfingen, uns über Fußböden zu unterhalten. Darüber bekam unser Architekt, kein Witz, einen Hörsturz.

Holz wäre toll, meinte ich zu Schatzi.

»Joa … Holz ist schon okay …«, meinte er zurück. Aber bei der Gelegenheit wolle er noch mal anmerken, wie voll un-okay er das fand, wie ich vor zwei Jahren einfach seinen

Teppich aus unserem Schlafzimmer rausgerissen hätte. Den hätte er nämlich sehr liebgehabt.

Das rief mich natürlich auf den Plan. Ich hasse im Zusammenhang mit Möbeln das Wort »geliebt«. Da habe ich immer sofort seine Biedermeier-Couch im Visier, so ein Omi-Teil der Marke Kreuzschmerz, das wir schon an allen möglichen Stellen geparkt haben, leider nur noch nicht hochkant hinter der Tür.

»Ich kaufe ja auch nicht so Puff-Vorhänge in Rot«, grummelt er, die Augen zusammengekniffen.

Oooookay, Junge … denke ich, das muss gerächt werden! »Wenn ich als Kind zum Fernsehen immer in den ersten Stock

hätte gehen müssen, würde ICH das wahrscheinlich jetzt auch für gemütlich halten!«

»Dafür bin ich ja auch nicht auf einer Verkehrsinsel groß geworden. Aber vielleicht muss man so werden, bei DER Schwester!«

Letzter Stand der Dinge: Unser Architekt hat mittlerweile die Klinik wieder verlassen. Er sieht noch ein bisschen blass aus. Bei ihm zu Hause liegt wahrscheinlich eine Kessler-Diekmann-Voodoo-Puppe, auf die er abends mit dem Zollstock einschlägt. Das Thema Holzfußboden hätten wir so weit durch. Aber auch in puncto Biedermeier bin ich fleißig gewesen: Für Couch, Eckkonsole, Vitrine, Tisch, Armchairs habe ich kuscheliges Asyl bei Opa und Omi Bielefeld gefunden. Denn genau wie für ihren Sohn gilt auch hier: Ich weiß schon, was noch alles in ihr Häuschen reinpasst, auch wenn sie selbst Platzprobleme vorschieben. (Mein Tipp an andere Schwiegertöchter: gar nicht erst auf solche Diskussionen einlassen.)

Bliebe noch das Gespräch mit Schatzi über die Farbe. »Skandinavisch-Weiß« klingt auch wirklich zu blöd. Ich werde es mal mit »African Cream« probieren. Wäre doch gelacht. Die Nuss knacke ich.

Knutschende Tanten und glasiger Karpfen

Oder: Vorsicht, Familienfeier!

Es gibt Situationen im Leben, da reicht eine Flasche Deo nicht. Ich denke da an Familienfeiern.

Mein Vater, Opi Kiel, zum Beispiel pflegte vor versammelter Onkel-Runde auch gern mal die Geschichte meiner Zeugung zu erzählen. Wie er mit Omi Kiel im Wohnwagen ins Tessin gefahren sei. Und wie Schwiegeropa Wakendorf anschließend die Stützen reparieren musste. Hoho! Höhö!

Ich rutschte vor Peinlichkeit immer unter den Tisch.

Auch kulinarisch wird die Liebe zur lieben Verwandtschaft meist auf eine harte Probe gestellt: Mütterlicherseits lauerte fast immer trockener Hirsch oder glasiger Karpfen auf mein Brechzentrum. So viel Fanta kann man als Kind gar nicht trinken, um den Geschmack von den Zungenpapillen und aus der Erinnerung zu spülen.

Väterlicherseits war es nicht so sehr das Essen als die feuchten schlabberigen Tantenküsse direkt auf den Mund, die mich schaudern ließen und bei denen ich das Gefühl hatte, sofort mit dem Ärmel meiner Festtagsbluse mein Gesicht nachfeudeln zu müssen. Merke: Verwandtschaft macht hart fürs Leben.

Auch auf dem Sehnerv legt man sich am besten ganz viel Hornhaut zu. Was wäre eine Braut ohne Korkenzieherlöckchen? Wahrscheinlich hübsch. Warum neigen insbesondere die Hundert-Kilo-Cousinen zu aufgetufften Flamencoblusen?

Warum muss Onkel Theobald zu »Hyper! Hyper!« von Scooter über die Tanzfläche hopsen? Und warum zeigen ältere Herren wie er immer die Verhaltensauffälligkeit, dass sie ihre Tanzpartnerin kreiseln wollen? Fragen über Fragen.

Und dann auch noch diese Rumfotografiererei: Kuckuck! Klick! Film und surr! Und schon wieder klebe ich mit speckig-verrutschtem Grinsen und seltsamem Festtagsfummel in irgendeinem Fotoalbum. Jede Wette: Wenn in dreitausend Jahren ein Archäologe das Ding ausbuddelt, wird er staunen: Was für eine Stammestracht! Was für eine Kriegsbemalung! Kein Wunder, dass die ausgestorben sind.

Nun bin ich verheiratet. Und das Gute daran ist ja: Man legt sich einen Schwung nigelnagelneuer Verwandtschaft zu. Was die kulinarische Abwicklung von Familienfeiern angeht, kann ich bislang nicht klagen. Mag am straffen Kuchen- und Tortenmanagement meiner Schwiegermutter liegen. Oder daran, dass Omi Kiel jegliche Backversuche von vornherein unterlässt.

Letzte Woche war mal wieder Familienfeier. »Duhu, Katja, sag mal?«, robbte sich mein Schwiegervater an. »Du schreibst doch nicht über uns???«

Nein, im Leben nicht, lieber Klaus. Aber zeig doch mal her … Was hast du eigentlich für einen Anzug an?

Er ist, wie er isst

Oder: Guck, wie er sein Frühstücksei behandelt, und du weißt alles

Meine Schwester (wenn sie das hier liest, wahrscheinlich *Exschwester*) hat eine possierliche Angewohnheit, die sie sich nur bei Barney Geröllheimer und seiner Familie abgeguckt haben kann: Ist ihr Fressifressi-Napf leer, wird gern noch mal mit dem Finger nachgewischt. Sie errötet auch kein bisschen, wenn ich sie dabei schief angucke. Dafür wird sie von allen Hausfrauen heiß und innig geliebt: Die brauchen anschließend nämlich nicht mehr abzuwaschen.

Auch mit mir selbst habe ich ausgesprochen wenig Arbeit. Ich kenne nämlich keine Gläser, sondern trinke für mein Leben gern aus der Flasche. Aktueller Rekord: eine halbe Apollinaris, ohne Luft zu holen.

Kürzlich habe ich gesehen, wie Gérard Depardieu isst. Von wegen Savoir-vivre!

Eher Schmus-o-chocola-oh-lala! Die linke behaarte Pranke hielt die Gabel umkrallt, die Finger der anderen Hand schnipsten das Gemüse auf die Forke. Dann Futterluke auf und marsch-mampf-mampf! Merke: Wie ein Kerl isst, so ist er.

Der Männertest schlechthin? Beobachten Sie mal, wie er sein Ei behandelt. Das vom Frühstück, wohlgemerkt. Da gibt's die Fraktion, die das Ding zart beklopft und nicht zu Potte kommt. »Junge, trau dich!«, möchte man rufen.

Dann wieder die, die jeden Morgen genussvoll mit einer kleinen Hinrichtung beginnen lassen und das Objekt ihrer Begierde erst mal guillotinieren. (Das sind dieselben, die »Mad Max« für eine Romantik-Komödie halten.)

Und schließlich Finger weg von diesen Friemel-Heinis, die jedes knackige glatte, glänzende Ei gewissenhaft zu einer Cellulite-Landschaft zerpulen.

Hier gibt's eine schöne Anekdote von meinem Exschwager Willi *(Name von der Redaktion geändert)*. Einer vom Stamm der »speichelintensiven Tellertauscher«. Sobald er im Restaurant die Karte unter der Nase hatte, ging's los: »Also wenn ich das nehme, nimmst du dies ... dann hast du das und ich jenes ... dann hätten wir das alles zusammen ... und dann können wir ja tauschen.« (Ich bin mir sicher, diese patenten Drehtische im China-Restaurant hat sein hungriger Urahn Willi Wong erfunden.) Eins allerdings musste man Willi lassen: Was er teilte, teilte er redlich fifty-fifty mit zu Herzen gehender Ehrlichkeit. Also: halbe Kartoffeln, in der Mitte zerquetschte Kroketten und, besonders lecker, angebissene Erdbeeren.

Da lob ich mir doch meinen braven Onkel Dieter (noch amtierendes Familienmitglied). Gern erzählen wir uns auf Familienfesten: die schöne Anekdote mit den Weinbergschnecken. Die bestellte er nämlich im Restaurant, operierte mit dem Zahnstocher fein säuberlich die Innereien heraus und futterte das Gehäuse.

Klobürste in Blätterteig

Oder: Der tägliche 08/15-Hunger

Ja, ja, das Essen. Im Allgemeinen, im Speziellen. Und im Angebrannten.

»Da, bitte, für dich!«, strahlte meine Schwiegermutter und stellte mir gleich zu Beginn meiner Ehe ein 512 Seiten starkes, 2,4 Kilo schweres Kochbuch neben den Herd. Aufmunternder Titel: »Kochkurs – die wichtigsten Grundkenntnisse mit Schritt-für-Schritt-Steps«. Das steht seither eingekeilt und unentjungfert zwischen einem 260 Seiten starken Biolek-Witzigmann-Wälzer (»Unser Kochbuch«) und einem magersüchtig anmutenden 95-Seiten-Bändchen »Gemüse – so schmeckt's doch!« (gibt wahrscheinlich auch nicht so viel über dieses Thema zu schreiben).

»Ja, das ›Stubenküken Waldorf‹ hab ich schon mal nachgekocht! Echt lecker! Und das ›Schnitzel Kiew‹? Mmmh!«, lüge ich mittlerweile flüssig, wenn Nachfragen kommen. Und ich muss mich wirklich selber loben: »Kochkurs« ist über die letzten zwei Jahre so-was-von-mit-Fettspritzern-eingesaut, dass jeder annehmen muss, ich stehe jeden Tag mehrere Stunden am Herd. Dabei haue ich einfach nur zweimal pro Woche Fischstäbchen ohne Deckel in die Pfanne.

Womit wir auch schon bei einem von vier Lieblingsgerichten meines Mannes wären: zum einen die Käpt'n-Iglo-Kartoffelpü-Nummer. Außerdem Nudeln mit Hackfleisch. Gern auch Hackfleisch mit Nudeln. Unschlagbar allerdings: Hackfleisch-Nudeln.

Ja. Doch. Ich liebe ihn trotzdem. Dabei hätte ich gewarnt sein müssen. Exfreundinnen hinterlassen in Küchenschränken ja gern ihre fresstechnischen Spuren, die Auskunft geben über die Qualität der Beziehung. Schwammiges Knäcke. Eingetrocknete Diät-Schmierkäse-Ecken. Joghurts mit 0,0000000005 Prozent Fett. Ich bekam von meinen diversen Vorgängerinnen – richtig – 45 Packungen »Maggi Fix Bolognese« vererbt. Die Ärmsten! Dachte ich damals. Du Arme! Denke ich heute. Denn jeder meiner Kochversuche links und rechts von Fischstäbchen-Hackfleisch-Nudeln wird von meinem Schatz beäugt wie Klobürste in Blätterteig.

Sonnabendmorgen halb neun ist bei uns immer Family-Time im Bett. Da gucken alle drei Kessler-Diekmanns tapfer »Teletubbies«. Manchmal, wenn Papa Diekmann und Mama Kessler hart drauf sind, geben sie sich auch noch eine Runde »Die Tiersprechstunde«. Neulich zu Gast: eine Hausfrau, die ein Hundekochbuch verfasst hat. Mit im Bild: ihre sabbernde Dogge. »Wenn man seinen Hund wirklich liebt, also wirklich, meine ich«, hörte ich die Dame mit pädagogischem Unterton sagen, »dann will man ihm auch was kochen.«

Doch, doch. Aus den Augenwinkeln sah ich meinen Mann zustimmend nicken. Wahrscheinlich gefiel ihm das Bild von Mutti am Herd. Wer weiß, vielleicht sollte ich es auch mal mit Leberplätzchen in Katzenform probieren. Hast du gehört, Schwiegermutti? Zeit für eine neue literarische Anschaffung …

Zulu minus acht!

Oder: Pünktlich zu spät

Also, meine Schwiegermutter warnte mich seinerzeit vor. Die Diekmanns männlicherseits würden drei biologische Handicaps vererben: terrormäßig gelockte Locken. Eine Fragetechnik wie ein Black-&-Decker-Bohrer: »Nun-sag-doch-mal-nun-mach-schon-jetzt-sag!« Und ein oberfieses Sekunden-Terroristen-Gen. Punkt eins stellt für mich kein Problem dar. Immerhin bin ich eine Frau mit Dauerwellenvergangenheit. Punkt zwei hat die Lästigkeit eines Schnupfens: zwei-, dreimal im Jahr hab ich – sozusagen – die Nase voll. Ansonsten juckt's mich nicht. Nur Punkt drei ist eine echt harte Nuss.

Das Sekunden-Terroristen-Gen zwingt meinen Mann dazu, mich dazu zu zwingen, auf jeder Veranstaltung genau auf die Minute pünktlich zu erscheinen. Damit wir dann erst mal gemeinsam fünf Runden um den Block fahren, weil noch kein Schwein da ist. »Also das sach ich Ihnen«, erklärte schon Papa Diekmann seiner Brigitte nach der ersten Tanzstunde, »wenn wir uns in Zukunft verabreden, warte ich genau sieben Minuten.« Worauf sie erst mal eine Viertelstunde zu spät kam. Männer muss frau sich erziehen.

»Abflugzeit Zulu minus 10 Minuten!«, tönt's jetzt, vierzig Jahre später, durch meine Badezimmertür, wann immer wir zu einer Veranstaltung wollen: Diekmann-»Galeeren-Meister«-Junior beim Peitscheschwingen. Dabei habe ich meist gerade erst angefangen, meine Wimperntusche aufzuschrauben. »Abflugzeit minus 9!« – »Minus 8!« – »Minus 5!«, kommt's kontinuierlich hinterher. Fragt sich, wie der Kerl überhaupt selbst fertig wird, wenn er die ganze Zeit mit Zählen beschäftigt ist. Das allein macht mich total wuschig.

Seit ein paar Wochen hat sich die Situation zugespitzt. Mein Mann hat einen Verbündeten: Boris Becker. »Der«, erklärt er mir, »hat sich auch scheiden lassen, weil die Babs immer so lange vorm Spiegel rumgemacht hat.« – »Stimmt gar nicht«, haue ich zurück, »so steht's da überhaupt nicht in dem Buch. Außerdem: Sie hat garantiert ihn verlassen, weil's ihr auf den Senkel ging, dass er immer vor der Badezimmertür stand und ›Abflugzeit!‹, ›Abflugzeit!‹ gerufen hat.«

Frage: Warum verstehen Männer nicht, dass Frauen einen gottgegebenen Anspruch auf Netto-Abfahrtszeiten haben? Das ist die Brutto-Abfahrtszeit minus 43x Haare machen. Minus 2x umziehen, weil das, was man anhat, irgendwie alles Käse ist. Minus 1x »Dann geh doch allein!«-Geschrei. Weil er das natürlich (»Ich versteh das alles nicht!«) alles nicht versteht.

Mittlerweile, nach zwei Jahren Ehe, haben wir einen »Modus Trickus« gefunden. Mein Mann verwaltet die Einladungen und sagt mir Abfahrtszeiten, die ungefähr drei Jahre vor der Abfahrtszeit liegen. Ich strenge mich an wie Hölle. Und bin nach zwei Stunden auf-die-Minute-pünktlich-unpünktlich. Hätte das mal die Babs rechtzeitig ausprobiert …

Uzbuz, der Säbelzahntiger-bezwinger

Oder: Doofe Kühe im Fitness-Center

Mein Exchef, seinerzeit Herrscher über einen Fünf-Hühner-und-zwei-Hähne-Flur, definierte die Dynamik eines Männerstreits immer so: »Erst raufen, dann saufen.« Für die Weiber in seiner Abteilung fand er weniger schmeichelhafte Worte: »Erst fröhlich gackern, dann hacken.« Ich muss leider sagen: Recht hat er!

Wir Frauen stehen immer zusammen und erzählen uns die intimsten Schwänke aus unserem Leben. Dann gehen wir nach Hause und brüten darüber, ob das mit dem Seelenstriptease so eine gute Idee war und wie die-und-die das-und-das wohl gemeint haben könnte. Und wenn wir uns das nächste Mal treffen, bestrafen wir die andere dafür, dass sie sich so viel über uns angehört hat.

Wenn Sie mich fragen – dieses Schizo-Verhalten rührt noch aus der Zeit, wo wir noch Felle trugen, mit Uzbuz, dem romantisch gelockten, Säbelzahntigerbezwinger verheiratet waren und auf der Berufsschule das Fach »Beerensammeln« belegt hatten. Und was machten die Weibchen da in der großen Pause? Klar: Sie leckten sich gegenseitig das Fell und setzten bei der Gelegenheit der weiblichen Konkurrenz auch gleich mal eine Laus in den Pelz.

Der Kampf von Frauen gegen Frauen ist ein heimlicher. Unsere Seele ist wie der Wigwam von Winnetou: jede Menge halb ausgebuddelte Kriegsbeile. Statt frei von der Leber weg zu sagen, was uns stinkt, sind wir ein einziger gestauter Schwellkörper (weitere bildliche Vergleiche spare ich mir an dieser Stelle mit Rücksicht auf meine minderjährigen Leser).

Auch ich habe meine Lieblings-Hassfeinde, die gar nicht wissen, dass ich sie hasse. Zum Beispiel die doofe Kuh aus meinem Ex-Fitness-Center, Beruf Trainerin, Künstlername »Nunu«. Schon beim Reinkommen wusste ich: Das mit uns beiden, das wird nix. »Deine Problemzonen sind hier und hier. Und hier auch«, erklärte Mrs. Pestilenz. Dann zupfte sie an mir rum wie ein Gärtner, der welkes Laub aus dem Gebüsch pflückt. »Oh, ich finde toll, dass du so offen bist«, hörte ich mich sagen. Und füllte gleich den Coupon für zehn Stunden Probetraining aus. Kaum dass ich wieder draußen war aus dem Laden, hätte ich mich erschießen können.

Dann die Sache mit meinem Tischler, dem größten Idioten aller Zeiten, der mir einen seiner Person würdigen Idioten-Kleiderschrank baute. »Ja, was reden Sie auch immer so blumig!«, begegnete er meiner sanften Kritik. Doch statt zu sagen: »Wie wär's mit Deutschlernen?«, brachte ich ihm auch noch eine Pizza.

Seit zwei Wochen geht unsere Kleine nun in eine Spielgruppe: Gleich am Montag zog ihr Omi Kiel morgens eine geblümte Mütze auf den Kopf, dazu eine wild getupfte Hose und ein gestreifter Anorak. »Ey, Mama, das sieht echt sch... aus!«, platzte es aus mir heraus

Na sieh einer an. Geht doch mit Geradeheraus.

Aber leider auch nur bei meiner Mama ...

Mein Mann ist pervers!

Oder: Die Geschichte von Hängetitten im Urwald

Eigentlich würde ich ja gerne schreiben, dass Schatzi und ich jeden Abend bei einer Tasse Etepetete-Tee Bücher lesen, um anschließend gepflegt darüber zu philosophieren, wie der Dalai Lama diesen und Martin Walser jenen Satz gemeint haben könnten. Aber nein. Wir sind TV-Junkies. Und zwar welche von der ganz harten Sorte. Wir hängen wie diese zwei alten Mecker-Griesgrame aus der »Muppet-Show« in unserer Fernsehcouch und lästern übers TV-Programm. Unser unerreichter Favorit: der »Bachelor«. TV-Untertitel: *Auch Riesen-Nasen mit uncoolen Pullis über den Schultern haben ein Recht auf Liebe.* »Der Kerl ist doch schwul!«, ereiferte sich Schatzi. Mir als Frau war schnell klar: Der will dieser dunkelhaarigen Schornsteinfegerin um jeden Preis seinen eigenen kleinen Schornstein zeigen.

Auch die Promi-Urwald-WG »Ich bin ein Star – Holt mich hier raus!« hat es mir angetan – insbesondere die Staffel mit Sänger Werner Böhm alias Gottlieb Wendehals: herzallerliebst seine süßen kleinen Hängetitten. Dass die nicht im Winkel von 90 Grad nach unten baumelten, lag nur daran, dass da vorher noch ein niedlicher kleiner Bierbauch war, der den freien Fall stoppte. Und auch der bräsige weggetretene Blick von Ex-Hochspring-Mensch Carlo Thränhardt ist wie eine Fortsetzung von »Gorillas im Nebel«.

Kurz vor zwölf wechseln Schatzi und ich immer von der Fernsehcouch rüber ins Bett. Hier ist seit jeher der größte Glücksmoment unserer Ehe: Dicht aneinandergekuschelt und in trauter Einigkeit, gucken wir vorm Einschlafen noch eine Runde Shopping-Kanal. (»Das tut ihr nicht wirklich!«, distanziert sich entsetzt meine große Schwester. Soll sie doch!) Sie weiß eben nix von dieser tollen Zauberpfanne, wo man – der Dreiteilung sei Dank – parallel ein Schwein braten, die Schwiegermutter dämpfen und Kochwäsche aufsetzen kann. Das alles in nur fünf Minuten.

Wenn mir dann die Augen zufallen, kommt mein Liebster doch noch zum intellektuellen Höhepunkt: Da findet er unter Garantie irgendwo im Dritten einen verregneten französischen Depri-Film, wo sich gleich in den ersten fünf Minuten die Hauptdarstellerin vor die Pariser Metro wirft. Ich habe die Befürchtung: Der Kerl ist pervers. Mir egal. Dafür habe ich zweimal Kai Pflaume gut.

Frauen in Quetschkommoden

Oder: Zu doof zum Bedienen

Wollten Sie schon mal aus einem Parkhaus raus, und im Auto vor Ihnen saß eine Blondine am Steuer? Ich sag Ihnen: Vergessen Sie's!

Mein Lieblingserlebnis hierzu hatte ich neulich: Die Fahrerin einer japanischen Quetschkommode auf vier Rädern rollt im Zeitlupen-Schnecken-Schleichtempo auf den Schlagbaum zu. Stoppt plötzlich. Fährt die Scheibe runter. Und versucht, das Ticket in den Parkscheinschlitz zu stecken.

Und? Hätten Sie's gedacht? Der Arm war doch tatsächlich zu kurz! Fehlten nur ungefähr vier Meter.

Die Quetschkommode rollt wieder an, stoppt erneut, diesmal macht die Blondette sogar die Wagentür auf – aber nur, um sich ganz weit durch das offene Autofenster zu beugen. Man fasst es nicht – und fragt sich, wer in Deutschland alles den Führerschein kriegt.

Jedenfalls fehlen immer noch zwei Meter. Als der Parkhauswächter übernimmt und das Ticket in den Schlitz steckt, kommt das – flutsch! flutsch! – wieder raus. Die Dame hatte das Ding nicht entwertet.

Aber psst! In puncto Beklopptheit kann ich sogar mithalten. Monate meines Lebens verbrachte ich schon vor dem vollelektrischen Leergut-Annehmomaten im Supermarkt. Buddel rein, rumpel-di-pumpel!, zehn Sekunden warten, spuck-spuck!, Flasche wieder da. Besonders lustig wird's aber erst ab vierzig Flaschen: Denn während vorne nix mehr geht, bohren sich einem von hinten die genervten, verächtlichen

Blicke der anderen Leergut-Wegbringer in den Rücken: *Hey, alle mal hergucken! Die Tussi da vorn ist doch tatsächlich zu doof, ein paar Flaschen in den Automaten zu stellen!*

Das tut weh. Dabei hab ich doch studiert!

In der Sekunde quakt natürlich auch noch Schatzi dazwischen: »Kriegste das etwa nicht hin?« Kann der nicht bei den Nudeln bleiben, wo ich ihn geparkt habe?

Und neulich morgens? Besonders peinlich: Mann auf Arbeit. Baby schlafend im Bett. Und ich schnell mal im Huschti-Wuschti-Bademantel-Look dem Apfelsaftlieferanten unten den Keller aufgeschlossen. Im Fahrstuhl zurück nach oben. Mit Schlüssel im Schloss rumgestochert. Festgestellt: Da steckt noch was von innen, nämlich der Zweitschlüssel. Ordentlich geflucht. Baby kläglich schreien gehört. Mit Dampf wieder runter zum Apfelsaft-Mann.

Der war zum Glück willens, mir die Wohnungstür einzutreten.

Baby Nr. 2 ist da!

Oder die Frage: »... und was machen wir jetzt mit dem Bauch?«

Ich habe einen Geliebten: Caspi, zarte drei Wochen alt. Wir schmusen und kuscheln den ganzen Tag. Ich bin verschossen in seine krummen Beinchen und seine fünf Haare, er findet mich ebenfalls ausnehmend attraktiv – das merke ich daran, dass er den Mund aufmacht und schmatzt, wann immer er meine Stimme hört.

»Das ist kein Baby, das ist eine Nähmaschine«, guckt Schatzi leicht irritiert, wenn er seinen Junior an meiner Brust arbeiten hört. Was er nicht weiß: mit eingekreuztem »Piranha«. Denn ein Baby hat zwar keine Zähne, kann aber, kleines Wunder der Natur, mördermäßig zuschnappen. »Ruf HHEU-WWÄ-GGEL-CCHEN«, empfiehlt die Hebamme, wenn der Schmerz zu groß wird. Ich probier's mit »LLÄ-CCHELN-NNICHT-VVER-GGES-SSEN«

Für Piranhageschädigte Frauen wie mich gibt's den Berufsstand der Laktationsberaterin. Unter Insidern: staatlich geprüfte »Krankenhaus-Wochenbett-Busen-Beschwörerin«. Wenn nicht die Wochenbettdepression, dann gibt sie dir den Rest. Kühlende Brustwickel aus Quark oder Kohlblättern, stillfreundliche BHs mit herunterklappbarer Futterluke, mechanische oder vollelektrische Milchsaugglocken – wenn sie mit dir und ihrer Kunst fertig ist, machst du »muh!«.

Mit der Figur sieht's nicht viel besser aus. Als Durchschnittsdoofe denkt man ja: Kind da, Kugel weg. »Super«, begeistert sich auch Schatzi, nachdem ich das erste Mal vor seinen Augen den Krankenhausflur hinunterschleiche, »und was machen wir jetzt mit dem Bauch?«

Zwei Wochen später der erste Versuch: Ich presse mich wieder in eine normale Hose, halte die Luft an, ziehe den Bauch ein, denke: Wunderbar, geht doch schon! In der Babyboutique verlange ich einen hellblauen Strampler. »Ach wie schön! Sie bekommen einen Jungen!«, freut sich die Verkäuferin.

Dann rückt die Verwandtschaft an – meist will sie Erdbeerkuchen essen, Erinnerungsfotos knipsen und mit lustigen Geschichten über die Geburt unterhalten werden. Lustige? Welche lustigen Geschichten?

Sie machen Personenraten in Babys Gesicht: »Ganz der Onkel Willy!« (Bitte, lieber Gott, nicht!) Geben dir unaufgefordert Tipps: »Du musst es auch mal hinlegen, dass es schläft!« (Nur über meine und deine Leiche.) Und bringen für das eineinhalbjährige Schwesterchen kleine »Mitfreus« mit.

Mein abschließender vorläufiger Rat an dieser Stelle an alle Mütter: Besorgt euch umgehend ein Durchleuchtungsgerät wie am Flughafen und scannt alle Pakete vorm Auspacken auf Mundharmonikas und Trommeln.

Ich weiß, wovon ich spreche …

»Kann alles weg!«

Oder: Warum alle Männer eine angeborene Fingerkuppenverkrümmung haben

Der ultimative Elchtest für eine Beziehung ist ein gemeinsamer Umzug. Da entscheidet sich: Liebt er dich, oder will er dich nur entsorgen?

Bei uns war das so: Bevor noch die ersten leeren Kartons geliefert wurden, in die ich meinen liebevoll gehüteten Besitzstand packen konnte, stand auch schon der XXL-Abfall-Container vor der Haustür. Den hatte Schatzi geordert.

»Wozu brauchen wir denn das olle Teil?«, schwante mir Böses.

Statt einer Antwort zeigte er mir stolz, was er im Keller gebastelt hatte: eine Art Termitenhügel, ganz oben eine Kiste mit angestaubten Damenhüten. Darunter mein Massage-Drainage-Cellulite-Rubbel-weg-Gerät (hatte ich zwar noch nie benutzt, tat aber gut zu wissen, dass ich eines besaß). Und irgendwo unten meine Sammlung balinesischer Sarongs (wo ich jetzt davorstand, wusste ich wieder: Da wollte ich für Schatzi und mich schon immer mal Kissenbezüge draus machen).

»Kann alles weg!«, erklärte Schatzi und schaute mich an, als stünde er vor dem größten Messi aller Zeiten. Dabei ist ER einfach eine wohntechnische Nacktschnecke.

»Also von mir hat sie den Sammeltrieb nicht!«, versicherte ungefragt Omi Kiel. Die hatte mein Mucho-Macho-Ehemann vorsichtshalber gleich mit in den Keller geschleppt. Er weiß halt, was er an ihr hat. Danke, Mami. Erinnere mich bitte daran, dass ich dich bei Gelegenheit noch mal eine Runde würge.

Doch das Keller-Happening war nur das Vorspiel, oben in der Wohnung ging's gleich munter weiter. Ich, 35 Jahre alt, Journalistin, zwei Geburten ohne Vollnarkose durchgestanden, eben noch der Begum die Hand geschüttelt, wurde von Schatzi darin unterwiesen, wie ich seine Silberlöffelchen für den Umzug optimal einzuwickeln hätte. Mithelfen konnte er natürlich nicht. (Wie alle Männer hat er eine schwere angeborene Fingerkuppenverkrümmung.)

Da knieten nun Omi Kiel und ich wie zwei in die Jahre gekommene Geishas auf dem Boden und wickelten gemäß Anweisung diese blöden Löffel in Noppenfolie.

Ätsch, Omi! Dein Schleimen im Keller hat dich auch nicht gerettet.

Menschliches Pattex im Treppenhaus

Oder: Schatzi und seine Nachbarn

Ehemänner sind wie das 3-Euro-99-Spar-Menü bei McDonald's. Du kriegst als Frau nicht nur den Whopper, den du bestellt hast. Sondern auch Pommes (Schwiegermutti) und Cola (Exfreundinnen + langjährige Haushaltsperlen). Das musst du als Frau erst mal verdauen.

Schatzi toppte das Ganze noch: Der zauberte sogar einen Intim-Nachbarn aus der Tasche: eine Art kettenrauchendes, bärtiges, menschliches Pattex. Ungeheuer fürsorglich, sozusagen die Mutter Teresa des Treppenhauses. Einer der Letzten, die sich wirklich Zeit nehmen für ihre Mitbewohner. Minimum ein Schwätzel-Stündchen pro Tag im Fahrstuhl muss drin sein. Er und mein Mann sind die letzten echten Tupper-Tanten von Hamburg. Überraschen sich gern gegenseitig mit leckerem Rotwein, eingelegten sauren Heringen und selbst gepflückten Pilzen. Selbstredend, dass dieser Bär von Mann nicht nur einen Schlüssel für unseren Briefkasten und den Keller hat, sondern auch für die Wohnung. Seit ich das weiß, brauche ich keine Horrorfilme mehr auf DVD.

Doch nicht nur Schatzi, auch Yelli sorgt dafür, dass wir mit allen Nachbarn auf vertrautem »Du-Hu« sind. Neulich um halb drei nachts: Der kleine Racker setzt mal wieder zur großen Chorprobe an. Schweißgebadet liegen wir in unserem Bett und sagen wie ein Mantra runter: Wir gehen nicht!, nein, tun wir nicht!, ganz bestimmt gehen wir nicht!

Nach einer halben Stunde Vollkonzert klingelt ein weiterer Fan von Yellas Ständchen an unserer Tür. »Au weia!«, denke ich und schleiche auf Zehenspitzen zum Türspion: die Nachbarin von einer Etage drunter. Im Bademantel.

»Ja-ha?«, tue ich ganz verschlafen durch die Tür.

»Oh, Sie sind zu Hause! Ich hab mir Sorgen gemacht. Das Kind hat geschrien. Entschuldigen Sie die Störung.« Statt Anpfiff kommt's ganz lieb. Ich bin baff. So viel Nettigkeit! Eine Elternversteherin! Hey, an mein Herz, neue Lieblingsnachbarin! Nur: Kaum haben wir sie gefunden, ist sie wegen Umzugs auch schon wieder futsch. Zusammen mit unserem Intim-Nachbarn.

Doch Schatzi hat zum Glück schon Ersatz ausgespäht: Frau Dr. S. aus dem Haus gegenüber. Neuestes Hobby meiner besseren Hälfte seither: Looki-looki-Nachbarin-Watching durchs Fenster.

»Du, Katja«, werde ich morgens informiert, »sie steht gerade auf.« – »Mensch«, sorgt er sich abends, »die kommt aber spät nach Haus.«

PS: Ich glaub, die Sache lässt sich gut an. Am Wochenende haben sie sich das erste Mal zugewinkt …

Weltfrauentag

Oder: Warum das früher Frühjahrsputz hieß

Weltfrauentag?

»Klaro!«, sagt Schatzi. »Den gab's früher auch schon! Nur da hieß er Frühjahrsputz.« Uns Frauen wird ja immer weisgemacht, Männer hätten Fell und Keule zurückgelassen und seien im dritten Jahrtausend angekommen. Ich bin mir da nicht so sicher.

»Kann ich dir helfen, Schatz?«, fragte Schatzi kürzlich. Daraufhin beauftragte ich ihn mit der anspruchsvollen Aufgabe der professionellen Hightech-Kanalreinigung (unter Müttern

auch gern salopp »Windeln wechseln« genannt). Selbstverständlich ließ ich ihn dabei nicht einfach ins kalte Wasser springen, sondern soufflierte die wichtigsten Informationen: »Hier ist das Baby, da ist bei ihm unten, das ist oben.«

Das waren für Schatzi offenbar schon mindestens zwei Informationen zu viel. Schweißüberströmt, Handschuhe bis zu den Ellbogen (zu gern hätt er auch Kittel und Mundschutz getragen), stand er an der Wickelstation und stellte sich extra dösig an. In seinem genetischen Männerprogramm scheint der Anblick von Pipi und Kacka einfach nicht vorgesehen. Wir brauchten eine halbe Stunde, drei Packungen Feuchttücher und sehr viel Zuspruch.

Auch für den Einsatz beim Kinderarzt ist mein Mann nicht zu gebrauchen. Schlägt sich Schatzi sonst gern – bum! bum! bum! – auf die Brust und markiert sein Revier, ist er hier plötzlich unauffindbar. »Ich kann nicht ertragen, wenn die Kleinen weinen«, sagt er und setzt seine schönste »Eigentlich-hab-ich-das-absolute-Gehör«-Leidensmiene auf. So kommt es, dass ich mit weiteren akut verwaisten Müttern im Wartezimmer hocke, deren Männer wohl auch alle kleine Mozarts sind.

Spätestens am Samstag läuft mein Homo Machikus zu seiner wahren Chauvi-Hochform auf. Da bricht sein Jagdtrieb aus: Acht Sorten Käse, fünf Zentner Aufschnitt, dabei sind wir doch nur zu viert, alles erbeutet im örtlichen Supermarkt. Erst wird der Fang fein säuberlich auf dem Küchentisch aufgereiht, dann will er gelobt werden: »Nein! Dass du daaaaran gedacht hast!!!« Anschließend darf Muddi, ich also, zusehen, wie sie die 45. Packung Fischstäbchen ins Eisfach gestopft kriegt.

Vielleicht muss ich es einfach so sehen: Ich hab eben nicht nur zwei Babys, sondern drei. Davon ist eines schon 1 Meter 85 groß und rasiert sich bereits.

Freundin bei eBay abzugeben

Oder: Warum Männer ihr Handy mehr lieben als dich

Es gibt Männer, auf die wirken Telefone wie die Lektüre des »Playboy«: Testosteron-Ausstoß marsch! Typischer Vertreter dieser Spezies: der Intervall-Lebensabschnittsgefährte meiner weltallerbesten Freundin. Bei dem hege ich schon lange den Verdacht: Stünde er vor der Entscheidung »die Frau oder mein Handy«, würde er zuerst die geliebte Hörgurke aus dem brennenden Haus retten. Mit der tut er alles, was er eigentlich mit seiner Liebsten tun sollte. Er streichelt das Ding. Gibt ihm zärtlich Kosenamen. Und führt lange Beziehungsgespräche – das sogar freiwillig. Womit bewiesen wäre: Ja, Männer können wirklich lieben.

Treu ist der Kerl deswegen aber noch lange nicht. Spätestens nach sechs Monaten werden er und seine Bimmelmonster immer von eBay geschieden. Da muss ein neues Gerät her, das noch pulsierender vibriert, auf Zuruf die Aktienkurse von Helgoland meldet und mindestens »interstellaren Wharp-Antrieb« hat. Vermutlich kann es auch Kaffee kochen. (Meine Freundin fragt sich schon seit längerem besorgt, wann sie bei eBay auf der Angebotsliste steht. Nach dem Motto: *»Auslaufmodell mit leichten Gebrauchsspuren an Liebhaber abzugeben«*. Immerhin sind die beiden schon stramme achteinhalb Jahre ein Paar.) Zum Glück ist mein Mann da ganz anders gepolt. Wenn er das Wort »Technik« auch nur hört, wieselt er sich in Lichtgeschwindigkeit davon.

Neulich standen wir wie Schneewittchen und die sieben Zwerge vor unserer Alarmanlage und sollten eine Willi-Wichtig-Unterweisung vom Experten kriegen. Motto: »Lebensschützende Technik für Doofe, Ignoranten und Linkshänder.« Plötzlich weilte ich allein vor den blinkenden Dioden. Die sieben Zwerge waren weg. Prinzip: Mutti, äh … Schneewittchen macht das schon.

Technische Bilanz nach bald vierzig Männerjahren: Noch nie eine Bedienungsanleitung aufgeschlagen. Schon zwei ganze Nägel in die Wand gehauen, einen davon gerüchteweise sogar gerade. Und wenn das neue Handy nicht so will wie er, wird's kurzerhand für kaputt erklärt.

Macht nix! Für seine Tochter ist er trotzdem der Held. Wenn er mal wieder ignorant durch unseren Garten latscht und den Bewegungsmelder auslöst, freut sie sich: »Papa, Vögel machen wieder piep!«

»Papa, wo bitz duuu?«

Oder: Warum wir die Teletubbies lieben

Wissen Sie: Kinder sind eine echte Chance. Endlich dürfen wir um sechs Uhr aufstehen, wo wir sonst bis acht im Bett hätten abhängen müssen. Unschlagbar auch, wenn dein zweijähriger Windelpupser vorm Bett steht und kräht: »Papa, wo bitz duuu? Will Teletubbies gucken!« Der liegt unter der Decke und spielt aus gutem Grund »Toter Mann«.

Ich muss gestehen: Vor 24 Monaten hielt ich »Teletubbies« noch wie jede normale, vernünftige, gesunde Nicht-Mutti für eine Landplage. Und wünschte mir eigentlich nur eine finale Folge: »Teletubbies treffen Freddy Krüger«. Heute bin ich Mitglied des Tubbie-for-President-Fanclubs, weil die blöden Viecher mir noch eine halbe Stunde Schlaf schenken, während mein Kind diesen Schwachsinn guckt. Ade, schöne pädagogische Vorsätze!

Was müssen sich unsere Gäste mit uns gelangweilt haben, als wir noch kein freilaufendes Kleinkind hatten. Unser Goldstück reißt nämlich am liebsten Badezimmertüren auf. Da macht's immer so schön »Huch!«. Kürzlich hatte sich Onkel Kurt gerade gemütlich eingerichtet, da stand auch schon Yelli im Türrahmen: »Watz makst tuuuuuu?« Kaum hatte Kurt die Tür hektisch wieder zugezogen und wähnte sich in Sicherheit, lief Yelli zur Kaffeetafel und verkündete mit glockenhellem Stimmchen: »Onkel makt gerade pfui!« Dabei hatte er noch Glück: Normalerweise hängt das Kind nämlich schreiend am Türgriff und will mit seinem armen Opfer auf der Stelle Verstecken spielen.

»Du, sag mal, Schatz«, sinnierte Schatzi neulich, »meinst du, es war ein Fehler, dass wir unserer Tochter Laufen und Sprechen beigebracht haben?«

Da hilft meiner Erfahrung nach nur noch die einzig wahre Mutterstütze nach Professor Dr. Erwin Schnullermann & Söhne: »Schokolade!« Gemäß der Bemessungsregel: kleine Tränen, kleine Schokolade. Große Tränen, große Schokolade.

Leider haben diese und andere Tröster bei uns eine gewisse Eigendynamik entwickelt. »Meinst du, das Kind soll ein Eh-i-es bekommen?« Kommunikation ist nur noch in buchstabierter Geheimsprache möglich. Offenes Aussprechen oder gar sorgloses Herumtragen besagter töchterlicher Grundnahrungsmittel löst die vollautomatische Erpressungs-Tränen-Sprenkel-Anlage aus.

Aber soll ich Ihnen was sagen? Neulich war mal wieder Terror: Yelli hatte sich den Kopf gestoßen, natürlich nach zehn vorhergehenden Warnungen: »Vorsicht! Du stößt dir gleich den Kopf.«

Unser Augenstern schrie aus Leibeskräften und schluchzte dann: »Mama … Yella will ein Eh-i-eis.«

Warum Kinder immer im falschen Moment schreien

Oder: Über ein paar andere ungeklärte Fragen der Wissenschaft

Haben Sie sich auch schon mal gefragt, warum der Toast immer auf die Marmeladenseite fällt? Dann habe ich hier ein neues spannendes Phänomen für Sie: mit 150-prozentiger Sicherheit zieht dein Kind immer dann an der Bettdecke und ruft »huhu, aufstehen!«, wenn du eigentlich ausschlafen kannst. Und liegt wie Blei in seinem Bettchen und ratzt, wenn du eigentlich dringend los musst.

Nach ausgiebigen Hirnforschungen (dazu habe ich wiederholt mit der Taschenlampe in das rechte Ohr meines Sohnes geleuchtet) darf ich hier jetzt welt- und deutschlandexklusiv die wissenschaftliche Antwort präsentieren: Kinder haben nicht nur fünf Sinne, nämlich sehen, hören, riechen, schmecken, fühlen, mit deren Hilfe sie zielsicher ihr Mittagessen über Tisch, Stühle und Fußboden verteilen. Nein, ganz hinten rechts unten in der Hirnschale habe ich etwas Sensationelles blitzen sehen, den »Wann-passt-es-gar-nicht?-Also-mach-ich's-erst-recht«-Sinn.

Deswegen *müssen* Kinder quasi mördermäßig brüllen, wenn Papa gerade das Busy-Busy-wichtig-Ferngespräch seines Lebens mit den Galapagos-Inseln führt. Deswegen können sie gar nicht anders, als in den zwei Sekunden, in denen sie mal nackidei sind, Pipi auf Mamas Seidenbluse zu machen.

Wissenschaftlich interessant ist auch folgendes Phänomen: Erwachsene Ehemänner verlieren nicht ihren kindlichen sechsten »Wann-passt-es-gar-nicht?-Also-mach-ich's erst-recht«-Sinn. Wisse! Zu gern fragen sie vor versammelter Runde »Was hast du denn?/ Was ist denn?/ Ist was?/ Du hast doch was!« Mein Schatzi zum Beispiel lässt selbst dann nicht locker, wenn ich ihm meinen Ellenbogen zwischen den Rippen hindurch bis zur Milz vorschiebe.

Man glaubt es kaum: Ehemänner entwickeln sogar über die Jahren einen weiteren, den siebten »Läuft-doch-alles, Mutti!«-Sinn. Der äußert sich in so Sätzen wie: »Mausi, musst nur sagen, wenn ich dir helfen kann …«, während du mit dem zahnenden Baby links und der fiebernden Zweijährigen rechts durchs dunkle Schlafzimmer taperst. Und bevor du überhaupt antworten kannst, kommt auch schon wieder »schnarch! schnarch! schnarch!« aus der Tiefe des Kopfkissens.

Wissenschaftlerin, die ich bin, wollte ich dann doch mal wissen, wie der siebte Sinn genau aussieht. Gestern Nacht habe ich Schatzi heimlich mit der Taschenlampe in die Lauschmuschel geleuchtet. Soll ich Ihnen sagen, was ich da gesehen habe? Viele Haare und ein ziemlich dickes Fell.

Bankräuber im Zoo

Oder: Warum Sie sparen sollten, bevor Sie mit Ihren Kindern einen Ausflug machen

Neulich war ich im Zoo. Jetzt weiß ich: Ich hätte auch gleich zu Juwelier Tiffany gehen können.

Drei Erwachsene, eine Zweijährige, im Buggy ein schlafendes Baby – schon am Eingang drücken wir Kohle ab, als stünde zu befürchten, wir fünf würden den Zoo nachhaltig leergucken. Drei Schritte hinterm Eingang schon wieder das Kommando: »Her mit den Moneten!« Vor uns steht eine kostenpflichtige Kindereisenbahn. Natürlich ein Muss für jede Zweijährige. Und für mich, die arme Mutter, die nach Paragraph 1 des Rüber-mit-den-Mäusen-Zoo-Geldvermehrungsgesetzes gezwungen ist, auch ein blödes Sinnlos-Ticket zu lösen. Schließlich könnte die Zweijährige auf dem fünf Meter langen Rundparcours ja verlorengehen.

Wir setzen die schreiende Yella (wäre natürlich gern noch achtzig weitere Runden gefahren) zurück in unseren Mietbollerwagen (erwähnte ich es schon? – kostenpflichtig). Und ab zum nächsten Brieftaschen-Höhepunkt: das Gemeinschaftsgehege von afrikanischen Elefanten und geierigen deutschen Pflegern. Die ganze Zeit stehen Vierbeiner und Zweibeiner Schulter an Schulter hinter der Absperrung und betteln um Mohrrüben und Euros.

Aber da! Endlich! Tier pur! Das Streichelgehege mit Ziegen und Schafen. Davor ein Futterautomat (kostenpflichtig).

In einer riesigen Herde von Menschen geht's weiter Richtung Stachelschweingehege, vorbei an: 1 Frittenbude,

1 Würstchenbude, 1 Restaurant, 1 Crêpe-Stand, 1 Snack-Shop, 1 Saftbar. Hat auch was, denke ich. Wenn hier mal ein Löwe ausbricht, braucht er keinen der gut im Futter stehenden Besucher zu fressen, sondern er kann sich gleich an der Würstchenbude anstellen.

Und schließlich dann: die Stachelschweine. »Die sind noch groggy«, erklärt der Wärter die Abwesenheit seiner Schützlinge. Gestern Abend war Dschungel-Nacht (ähm, ja, richtig – gebührenpflichtig).

»Und?«, meint Schatzi am nächsten Morgen zu unserem Sonnenschein. »Was hast du gestern im Zoo gesehen?«

Yella: »Pommes!«

Wobei, da muss man ihr Recht geben: Die waren wirklich saulecker.

Kleine, verzweifelte Badehosen

Oder: Urlaub auf Juist

Eben noch waren Schatzi und ich zwei Turteltauben, die sich in der mittäglichen Junihitze Portofinos zwei Flaschen Rosé hinter die Binde gossen und anschließend drei Stunden Mittagsschlaf hielten. Jetzt sind wir Papi und Mami, die bei pladderndem Regen mit der Tucker-Fähre, zwei Kindern,

Omi Kiel und zehn Kilo unerotischer Trockenmilch im Gepäck nach Juist übersetzen.

Hey und überhaupt: Protest! Früher hat mir mein Mann die Fußnägel geküsst, jetzt brennt er bei erstbester Gelegenheit mit seiner neuen Geliebten durch: »Ich muss mit *meiner* Tochter jetzt das Land verabschieden«, verkündet er bedeutend, um sogleich mit Yelli aufs Promenadendeck zu verduften. Ich darf dafür mit unserem Stammhalter aufs müffelaktive Schiffsklo zum Reifenwechsel. Tja, das sind die unverfälschten Freuden des Mutterlebens.

Auf Juist dann die nächste Offenbarung: das goldige Wunder »Halbpension«. Sonst haben Schatzi und ich ja im-

mer gelacht über die Leute, die sich beim Dom.-Rep.-All-Inclusive-Urlaub kleine Bändsel ums Handgelenk binden als Fresserlaubnis fürs Buffet. Jetzt erwische ich uns dabei, wie wir schon am frühen Morgen wie die Heuschrecken im Hotel-Speisesaal einfallen: Omi Kiel versucht sich an 34 Sorten Marmelade. Ich schieb mir Aal und Würstchen rein. Schatzi testet, ob er morgens auch fünf Brötchen schafft. Genudelt und gekugelt schleppen wir uns mit letzter Kraft zum Strand. Während ich mich im Strandkorb warm zittere und versuche, mich in meinem After-Bauch-Bikini wohlzufühlen, schieben Horden von gut durchgegarten Typen an mir vorbei. Besonderes Kennzeichen: schöne brutzelbraune Brüstchen, die gefällig auf der gespannten Kugelwampe ruhen. Darunter vage zu erahnen: kleine, verzweifelte Badehosen. Gesamtkunstwerk deutscher Mann. Bleibt aber kaum Zeit zum (Be-)Wundern. Baby zwei (6 Monate) ist mit Beginn des Urlaubs in den spontanen Wach-Streik getreten und will pausenlos – »Rassel-rassel!«, »Da-da-da!« – von seinen Eltern bespielt werden. Schlechte Leistungen werden mit einem sofortigen »Rabäh!« bestraft. Parallel dazu will Kind eins (2 ¼) 25 Stunden am Tag die Füße eingebuddelt bekommen, Möwen jagen und Priele umleiten.

Abends plumpsen Schatzi und ich völlig erledigt auf die Couch. Früher hätten wir uns dem Sonnenuntergang hingegeben. Heute gehen wir unter. Und wissen Sie, was ich ihm dabei leise ins Ohr flüstere? »Das ist der schönste Urlaub, den wir je gemacht haben.«

PS: Auch Omi Kiel fand's super. Die wurde nämlich gleich zu Beginn der Ferien angesprochen, von einer eifrigen Leserin der Mami-Kolumne: »Hey, ist das nicht Omi Kiel?« Danach schwebte sie mit stolzgeschwellter Brust durch Juist und brauchte gleich einen drei Nummern größeren BH.

Von Vogelnestern und Flokatis auf dem Kopf

Oder: Was ich sehe, wenn ich in den Spiegel gucke

Heute muss ich mal was über die Tante petzen, die Sie auf Seite 2 sehen: So geleckt und gestriegelt sieht die nämlich nicht immer aus. Das weiß ich so genau, weil ich sie heute früh gleich nach dem Aufstehen im Spiegel gesehen habe.

Die ungeschminkte Wahrheit: Morgens graut nicht nur der Morgen, es graut auch mir. Da habe ich irgendwas auf dem Kopf zwischen Vogelnest und Flokati. Ich fange dann hektisch an, mir einen Wolf zu toupieren. Wickle links, wickle rechts, türme hier, plätte da. Ich spraye, ich klebe. Und: Ich bin trotzdem nie zufrieden.

Eine Etage tiefer wartet die nächste Baustelle: mein Gesicht. Früher, wenn ich am Pinseln war, rief mein Schatz noch verliebt: »Schön!« Heute ruft er nur noch genervt: »Schnell!« Wie ungerecht: Da verbringe ich die besten Jahre meines Lebens vorm Spiegel, um mich für ihn anzuhübschen. Und? Er weiß es nicht mal zu würdigen.

Stattdessen muss ich im Kampf um den Waschbeckenrand aufpassen, dass er seinen nassen Zahnbürstenkopf nicht in meiner aufgeklappten Lidschattendose parkt, nach dem Händewaschen seine Flossen nicht über meinem Puder ausschüttelt. Und sich daran erinnert, dass die Seifenschale meinen Haarnadeln gehört. Unter diesen Umständen kann man eigentlich nicht arbeiten und müsste umgehend und konsequent die Spachtelarbeiten einstellen.

Doch dann?

Zum Glück gibt es ein Reservat für unfrisierte und ungeschminkte Frauen mit Schatten unter den Augen und müder Haut. Wenn ich nämlich mit Pezi, meiner Schwester, bei Omi Kiel in Jogginghose und T-Shirt den Küchentisch belagere und den dritten Milchkaffee trinke, weiß ich: Ich kann so aussehen, wie ich aussehe. Und als einzige Menschen auf dieser großen weiten Welt dürfen sie sogar wissen: Ich hab Sommersprossen. Und das ist auch gut so. (Wahrscheinlich werden Wissenschaftler in hundert Jahren ohnehin bewiesen haben: je weniger Sommersprossen, desto strunzblöder die Tussi.)

Eine Sache wäre auf jeden Fall auch ohne Wissenschaft schon belegt:

Je weniger Falten, desto schlechter der Sex. Denn während wir Frauen Abend für Abend im Badezimmer stundenlang cremen und tupfen und klopfen und machen, um auch noch in fünfzig Jahren für unsere Männer wie zwanzig auszusehen, ist nebenan im Schlafzimmer der Kerl längst weggeratzt. Wilder Matratzensport? Fehlanzeige.

Aber wie sagt Scarlett O'Hara in »Vom Winde verweht«?

Morgen ist auch noch ein Tag.

Tja, stimmt, Jungs, aber da müssen wir leider die Fußnägel machen.

PS: Schatzi legt Wert auf die Feststellung, dass mit dem Wegratzen auf keinen Fall er gemeint sein könne. Immerhin hätten wir heute vier Kinder.

PPS.: Seine Frau möchte betonen, dass sie trotzdem immer gepflegte Fußnägel hat.

Frauen sind harmlos. Parken ihre Autos falsch und schwindeln die Politesse an

Oder: Warum Männer hinterm Lenkrad Tiere sind

Neulich habe ich mich um Kopf und Kragen geflunkert. Das kam so:

Ich parkte mein Auto und ging einkaufen. Ein Pläuschchen hier, etwas Geklöne da – Kinder, wie die Zeit vergeht! Als ich wiederkomme, steht eine Politesse vor meiner Kühlerhaube und schreibt Autogramme.

»Oh, bitte, bitte! Ich war doch nur fünf Minuten weg!«, flehe ich.

»Ach ja? Als ich vor drei Stunden hier vorbeigekommen bin, stand Ihr Wagen auch schon da. Könnte es vielleicht sein, dass Sie nicht die Wahrheit erzählen?«

Kann ich natürlich nicht auf mir sitzen lassen. »Meine Freundin hat, äh, ja, zwischenzeitlich das Auto benutzt! Ja, und dann hat sie es wohl einfach wieder, ähm, hier hingestellt.«

»Auf denselben Platz?« Die Politesse wirft einen bösen Blick in ihren Knöllchen-Computer: »Dicke Lüge! Das Vorderrad steht noch genauso wie vor drei Stunden.«

»Also, das glaube ich so noch nicht …«, nuschle ich. Kann frau ahnen, dass die bei der Polizei mittlerweile mit so fiesen Tricks arbeiten? Ich mache mich ganz schnell und unwürdig mit meiner Gurke aus dem Staub.

Ich glaube ja: Wenn's ums Auto geht, kommt nur das

Schlechteste im Menschen zum Vorschein. Das ist bei Frauen nicht anders als bei Männern. Sobald zum Beispiel der Kerl meiner Freundin die Autobahn auch nur wittert, erliegt er seinen Urgenen: Seine Stirn wird niedriger. Die Augenbrauen wulsten sich nach vorn. Die Unterlippe fängt an zu hängen. Der Oberkörper buckelt sich auch nach vorn, und das Fell quillt aus dem Kragen. Fertig ist der typische männliche Neandertaler hinterm Steuer.

Dabei schafft es der Typ, so viel Testosteron und Keiler-Gehabe durch die Windschutzscheibe auszudünsten, dass er bei jeder Autobahnfahrt ganz viele »neue Freunde« kennenlernt: Da wird von hinten gedeckt und die Stoßstange des Vordermanns geknutscht. Fröhlich der Weg abgeschnitten. Synchronfahren bei Tempo 180 geprobt. Und übereifrige andere Männchen gefühlvoll ausgebremst, dass es im Getriebe kracht. Die Autobahn, sein Revier.

Scheint in den Genen zu liegen. Gestern habe ich auf dem Spielplatz zwei kleine Jungs beim Spielen beobachtet. Und musste feststellen: Unschuldige kleine Cowboy-und-Indianer-Spiele sind out. »Du«, meinte ein Dreikäsehoch mit Dreirad zu einem anderen Dreikäsehoch, »ich fahr jetzt ganz, ganz schnell. Und du musst mir einen Strafzettel geben.«

Früh übt sich.

»You are beautiful«, rief der Stylist

Oder: Warum ich weiß, dass ich mich ungern fotografieren lasse

Alle Frauen der Familie Kessler haben eigentlich eine angeborene Allergie gegen das Fotografieren. Meine Schwester Pezi zum Beispiel: Bevor auch nur jemand den Satz »Wir machen jetzt ein Fot…« zu Ende sprechen kann, ist sie schon – wutttttsch! – um die Ecke verschwunden. Weswegen es von ihr nur Schnappschüsse gibt, wie sie mit Brille und Dutt im Bett liegt und, huch!, die Decke bis zur Nasenspitze hochzieht. Aufgenommen von ihrem tückischen Lebensabschnittsgefährten, der gern vorgibt, Zähne zu putzen, und sich dann im Schutze des Wasserhahn-Rauschens an die Kontaktlinsenträgerin heranpirscht.

Und wenn mich früher mal jemand erwischt hat? Da habe ich sofort zur Schere gegriffen. Weite Strecken im Fotoalbum von Omi Kiel sind deshalb komplett verwaist.

Eigentlich hielt ich mich mittlerweile für geheilt. Bis vorletzte Woche: Da bin ich dem Make-up-Artist des Grauens begegnet. War Kanadier, hieß David und bepinselte normalerweise, wow!, Mailänder Models. Sein ganz persönlicher Styling-Schwerpunkt: Monster-Tattoo auf dem Oberärmchen, kleine schwarze Teddybären unter den Achseln.

Mein Blick irrte bei unserer ersten und gleichzeitig letzten Begegnung Halt suchend durch die Schminkkabine und fiel in kanariengelben, quietschgrünen und blubberblauen Lidschatten.

»Aber das ist ein Könner, der weiß schon, was er tut!«, sprach ich mir Mut zu.

Drei Stunden lang machte er »Malen nach Zahlen« auf meinem Gesicht und düngte für die nächsten drei Jahrzehnte meine Haare mit Hair-Voluminizer. Das Hüsteln des wartenden Fotografen vor der Kabine wurde von Stunde zu Stunde verzweifelter.

Mit den Worten »You are BEAUTIFUL!« schob mich der Schwarzenegger des Pinsels schließlich nach draußen. Meine schlimmsten Vorahnungen bestätigten sich beim ersten Blick aufs Probe-Polaroid: Meine Haare erinnerten an ölig hängende Spaghetti, mein Gesicht sah aus wie ausgelaufener Vampir.

Nach insgesamt acht Stunden, zehn Litern Kaffee, 300 Probe-Polaroids und einem weiteren Make-up-Artist (tatütata! Es wurde auch noch ein Schmink-Pannendienst gerufen) mussten wir das Projekt »Wir machen schöne neue Fotos von Katja« endgültig für gescheitert erklären. Zurück blieb ich mit einem völlig zerstörten Selbstbewusstsein. Die Einzige, die mich und meine Loser-Frisur gut fand, war eine Wespe, die auf dem Nachhauseweg immer wieder dagegenflog.

PS: Eine Woche später bekam Hamburgs renommierteste Kunstkritikerin Yella (2½) die Polaroids von unserem zweiten erfolgreichen, ent-david-ten Foto-Shooting in ihre kleinen Grabbelfinger. Ich in wundervoll hingegossener, wie gemalter Meerjungfrauen-Pose auf dem Fußboden drapiert. Mein Selbstbewusstsein gerade wieder liebevoll mit Uhu zusammengeklebt. »Guck maaaal! Da! Meine Mama! Die ist umdefalln!«

Vielen Dank, Herr Kollege!

Oder: Warum Ärzte eigentlich einen Patienten-Führerschein machen müssten

Nun bin ich ja in meinem früheren Leben Zahnärztin gewesen und habe auch ganze zwei Tage in diesem Beruf gearbeitet. Grund genug, möchte man meinen, dass Zahnschmerzen Respekt vor mir haben. Außerdem kann es denen ja auch nicht verborgen bleiben, dass ich gerade im Urlaub auf einer kleinen, fernab der Zivilisation gelegenen Nordseeinsel bin und nicht gestört werden möchte.

Drei durchwachte Nächte und zwei Packungen Schmerztabletten später weiß ich: Ich brauche jetzt einen Zahnarzt oder bringe jemanden um – wahrscheinlich den Zahnarzt selbst. Wehe, er prokelt mir ohne Betäubung auf dem Nerv rum! Wehe, er ist nicht vorsichtig! Vorsicht, Kollegen! Ich kenne alle Tricks!

Also: Ein erster zögerlicher Blick in die Gelben Insel-Seiten, und Großstadt-Mieze Katja K. fällt der Unterkiefer runter. Unter Z wie Zahnarzt alles sehr aufgeräumt. Statt eines neunseitigen Plombenleger-Verzeichnisses (Hamburg) genau eins-Komma-null Einträge hier. So lerne ich meinen geschätzten Eiland-Kollegen Doktor B. kennen.

B wie bocklos.

Völlig groggy, im Kopf einen Presslufthammer, darf ich in seinem leeren Wartezimmer der Marke extra-lieblos Platz nehmen, vor meiner Nase auf einem Beistelltischchen lauter zergrabbelte Tier-Zeitschriften: »Mein Hund & Ich«, »Du & Deine Katze«, »Das Tier in uns«. Ich ahne: Doktor B. hat

Maauunz!!!
Du & Deine
Katze

neben der Zahnklempnerei wohl noch ein weiteres Karriere-Standbein: Tierarzt.

Ich beginne zu lesen, die erste und letzte Story, die ich mir antue: ein kanadisches Tierschützer-Pärchen, das mit ein paar Bären im Wald lebte und recht bald von ihnen aufgefressen wurde. Ein Tonband zeichnete die letzten Hilfeschreie auf. Wie praktisch.

Sodann auch schon der Ruckizucki-rein-Händeschüttel-und-raus-Auftritt des Zahnklempner-Meisters. Zielsicher stellt er fest, dass ich a) keine Schmerzen zu haben hätte, weil b) auf dem Röntgenbild nichts zu sehen sei. Ich denke nur: Schnarchbacke! Kauf dir mal 'nen Blindenhund, die richtigen Zeitschriften dafür hast du ja schon.

Ich rette mich zum Insel-Orthopäden. Der gibt mir (auch als Zahnärztin lernt man nie aus) eine dicke Spritze in den Hintern. Danach kann ich zwar nicht mehr richtig sitzen, aber die Schmerzen sind weg – immerhin bis Hamburg.

Und was lerne ich aus der Geschichte? a) Bei Zahnschmerzen gleich zum Orthopäden. Und b) Schadenfreude ist die schönste Freude. Seit Doktor B. hat Schatzi nämlich Oberwasser. Quälte ich ihn bislang mit meinen Besserwisser-Kommandos – *mehr links, mehr rechts, mehr hoch, mehr weich!* –, darf er jetzt bekennend falsch putzen. Denn: ER hatte ja schließlich noch nie Zahnschmerzen.

Pürierter Knorpel

Oder: Ernährungsgewohnheiten ändern sich

Es wird Omi Kiel überraschen, dies zu lesen: Aber für mich ist sie ja eine zutiefst emanzipierte Frau. Schon vor vierzig Jahren (also um den Zeitpunkt meiner Geburt herum) beschloss sie nämlich: Der Herd ist nicht der richtige Platz für sie. Großzügig überließ sie ihn Hilbi, unserer Haushälterin, die zusammen mit meinem Papa immer neue, bleischwere Mehlsoßen-Variationen, stückiges Wurzelmus und – besonders raffiniert – Panade mit Schnitzel im Mischungsverhältnis 10:1 erarbeitete.

Seit ich selbst Mama bin, mache ich mir natürlich sehr viel Gedanken ums Essen – und natürlich alles viel, viel besser als Omi Kiel: Bio-Nudeln, Bio-Bananen, zum Trinken nur Wasser für die Kids. Und das Snickers, in das ich, am Schreibtisch sitzend, gerade herzhaft beißen will, verberge ich selbstverständlich unverzüglich unter der Tischplatte, wenn Yella (2½) schreiend um die Ecke kommt, weil sie in der Küche ihr brechtrockenes Öko-Müsli nicht essen möchte.

Zurzeit muss ich jedoch feststellen, dass die renitente, uneinsichtige Haltung meiner Tochter auch auf ihren neun Monate alten Babybruder abfärbt: Konnten wir Caspi bislang seine Blumenkohl-Frühkartoffeln und das Kürbis-Allerlei noch mehr oder minder problemlos eintrichtern, macht er jetzt auch gerne mal »ppppphh!« und prustet einem die blässliche Pampe zurück ins Gesicht.

Viele Dinge sind erlernt, viele Dinge natürlich auch vererbt. Zum Beispiel von Papa Kai. Der kann zwar in der Küche eine Karotte nicht von einer Gurke unterscheiden, macht aber klare Ansagen, wie man seine drei Lieblingsgerichte zu kochen hat. Zudem legt er Wert auf die Feststellung, dass er keine Gerichte mit Speck mag. Weil Vertrauen die Grundlage unsere Ehe ist, guckt er auch gern mal unangekündigt unter den Pfannendeckel. Und weil ich weiß, dass man Männer ernst nehmen muss, bin ich dazu übergegangen, seine kleinen knorpeligen Freunde einfach unterzupürieren.

Sitzt einmal die gesamte Familie zu Tisch, inklusive Pezi und Leuch, meinen beiden Geschwistern, wird's stimmungsvoll. Pezi ist schon vor längerem dazu übergegangen, bei Einladungen ihr eigenes Öko-Futter mitzubringen. Für Leuch ist Miracel Whip Weltkulturerbe. Ich finde, man muss sich positionieren, und bin für beide.

Neulich allerdings war ich mir dann doch nicht so sicher, wie ich das finden soll: Ich stand an der Kasse vom Bio-Markt und kämpfte mit mir, ob ich meiner kleinen Family das abartig teure Bio-Rinderfilet gönne. Und was legt da mein Vordermann aufs Laufband?

Öko-Fleisch-Kroketten für die Katze.

Katzenfutter im WC-Enten-Regal

Oder: Shopping-Tour mit Kids

Ich bin eine Frau mit Durchblick. Selbst als ich noch keine Kinder hatte, wusste ich schon genau, wie ich diese erziehen würde: konsequent liebevoll, meine klugen Verbote pädagogisch kommunizierend.

Heute, mit zwei Kindern, bin ich ein Stück weiter. Da würde ich gern mehrmals am Tag rufen: »Ach, halt doch die Fresse! Ich kann das Gejaule nicht mehr hören!« (Muss aber bitte unter uns bleiben.)

Letzte Woche war ich mit Yelli und Baby Caspar in der Drogerie. Caspi sabberte gut gelaunt in seiner Karre vor sich hin: »Gö-gö-w-w-brr-ll!!!!« Yelli hatte schon am Eingang beschlossen: Drogerie ist doof. Mit entsprechend Gebrüll und beleidigt-auf-den-Boden-werfen ging's rein in den bruttig warmen Laden. Die große Kunst als Mutter ist ja, so zu tun, als wäre es das Normalste von der Welt, dass dein Kind schreit, als würden ihm gerade ohne Betäubung die Zehennägel gezogen, während du Klopapier und Kaffeefilter suchst.

Plötzlich: Stille! Und ein entzücktes Glucksen: »Da, Mama, Mussi-Kadze!« Little Brätschi hatte unten im Regal die Dosen mit dem Whiskas entdeckt.

»Gönn' wir das kau-fen???«

»Nein, Schatz, wir haben doch keine Katze. Das ist nur für *Katzen.*«

»Ka-hau-fennn???!!!!«

»Aber was sollen wir denn damit?«

»Bräääätsch!«

»Okay! Aber nur eine Dose.«

Mit hundert Gramm »Ente-Huhn« suchte ich weiter nach dem Klopapier.

»Gö-gö-w-w!«, machte jetzt Baby Caspi. Und auch das lernst du als Mutter: Trotz infernalischem Lärm Hören im Nano-mü-Bereich. Jeder andere hätte bestimmt gedacht: Sabbert die kleine Blage halt immer noch. Aber mein Innenohr meldete sofort: Da fehlt ein »Brr-ll«! Gefahr im Verzug!

Gedacht, passiert.

Caspis Augen werden klein, der Unterkiefer schiebt sich vor, der Mund mutiert zum U – und los geht das Gebrüll. Klopapier und Kaffeefilter rückten abermals in weite Ferne. Jetzt musste ich erst mal die Gondel mit den Beruhigungssüßigkeiten suchen.

Gondel mit Süßigkeiten?

»Darf ha-ben??!?« Yellis kleine Patschehändchen umkrallten eine Schachtel mit weinbrandgefüllten Schokopralinen.

Ich drückte ihr ein Überraschungsei in die Hand. (Nahm sie selbstverständlich gern, die Weinbrandpralinen wollte das kleine Schätzchen trotzdem nicht loslassen.)

Nach fünfzehn Minuten, die sich angefühlt hatten wie drei Stunden, stand ich schließlich mit riesigen Schwitzkringeln unterm Arm an der Kasse. Ich bezahlte: kreischbunte Hornhautraspeln, aufgerissene Packungen klebriger Kekse, ein Paket Tischdecken-Beschwerer. Alles Dinge, die wir selbstverständlich überhaupt nicht brauchten. Aber immerhin: Die Dose mit dem Katzenfutter hatte ich vorher unbemerkt im Regal mit den WC-Enten entsorgt.

Denn: Wäre ja noch schöner, wenn meine Kinder denken würden, sie seien hier der Chef!

Betrunken an Heiligabend, Gans statt Fondue

Oder: Warum man am 24. Dezember eine Menge falsch machen kann

Denk ich an Weihnachten. Denk ich an Zimtsterne. Denk ich an Willi. Willi ist mein Exschwager. Seit der Scheidungsrichter machte, dass er nicht mehr unter uns weilt, sind Familienzusammenkünfte nur noch halb so lustig. Da wäre zum Beispiel ein Winterabend vor fünfzehn Jahren: Es machte »Knack! Knack!« aus dem Wohnzimmer. Willi meets Adventskranz.

Nun muss man wissen: Das war nicht irgendein Allerwelts-Adventskranz. Sondern das offizielle Kessler-Weihnachts-Gedenk-Gebinde anno 1900-Asbach. Geflochten aus Peddigrohr. Mit Kerzen, glänzenden kleinen Stanniol-Päckchen und bretthharten Pattex-ummantelten Uralt-Zimtsternen drauf. Alle Jahre wieder vom Boden geholt, liebevoll abgepustet und auf den Tisch gestellt.

»Mmmh! Lecker!«, meinte Willi. Und pulte gleich noch einen Keks aus seiner Verankerung. Ich habe niemals Einsicht nehmen dürfen in die Scheidungspapiere. Aber ich denke: Diese Zimtsterne hat ihm seine Frau nicht verziehen.

Und letztes Weihnachten wollten sich auch Omi Kiel und meine Schwester Pezi scheiden lassen. Alles fing damit an und endete auch so, dass Pezi gegrillte Öko-Gans machen wollte. Na klar. Dabei gibt es bei Kesslers seit Menschengedenken Fondue. Drei Stunden Kampf-Gekokel später (zwischenzeitlich war in unserer Küche der Rauchmelder angesprungen) machte sich Omi Kiel hungrig ein Brot. Worauf Pezi beleidigt die Segel strich und auch Omi Kiel eingeschnappt ins Bett ging.

Und vor zehn Jahren, am Abend vor Heiligabend, hätten meine Schwiegereltern Schatzi fast zur Adoption freigegeben: Zusammen mit seinem Kumpel Lars H. war er nämlich auf dem nächtlichen Heimweg vom Glühweinstand rotnasig und gemeinschaftlich in der Küche von Mutti H. eingefallen. Hier wurden *»… Hicks …«* mit Begeisterung die für die Bescherung vorbereiteten Knackwürstchen samt Kartoffelsalat weggefuttert, *»… lll…ll…llegger …«* – und anschließend Schuhe und Bierdeckel in den Weihnachtsbaum gehängt. Meinen Schwiegereltern blieb nur ein verzweifeltes: »… also von uns hat er das nicht …!«

Vor drei Jahren nun hatten Schatzi und ich unser erstes gemeinsames Weihnachten: Während Omi Kiel mit meinem Bruder Leuch zur heiligen Messe vorfuhr, waren Schatzi und ich zu blöd zu allem und schlossen uns im Treppenhaus ein beziehungsweise aus. (JA. GEHT!) So saßen wir zwei lange Stunden auf den kalten Stufen und sangen einsame Weihnachtslieder. Aber nicht das wog am schwersten, sondern dass uns meine depperte Verwandtschaft noch nicht mal vermisste.

Schatzi riss dann noch das Stimmungsbarometer hoch, indem er mir einen Heiratsantrag machte.

Dieses Jahr nun wollen wir so richtig schön in Familie machen. Das erste Mal zu viert: Die Wassereimer zum Baumlöschen stehen bereit, Yelli wird mit ihrem Bobby-Car sämtliche Möbel rammen, Caspi versuchen, sich die Krippenfiguren in den Mund zu stopfen.

Aber ganz ab davon – ich weiß: Das wird das schönste, gemütlichste, glücklichste Weihnachten meines Lebens.

Antreten zum Telefon-Duell

Oder: Hat man beim Anruf im Call-Center eine Chance?

Zugegeben, ich bin eine Mischung aus Bequem-Tier und Hauruck-Hausfrau. Wenn Dauer-Logiergast Omi Kiel schon eine Woche lang mit Tempos die Spüle wischt und der beste Ehemann von allen beim morgendlichen Abschiedskuss hartnäckig piekst wie kratziger Sisalteppich, weiß ich: Der Monat ist rum. Oberüberfällig, mal wieder Rasierklingen und Zewa zu kaufen.

Gott sei Dank gibt's für Frauen wie mich Läden mit telefonischen Bestellsystemen.

»Guten Tag«, schnurrt der automatische Anrufbeantworter der Firma Dödeldowsky. »Damit Sie sofort mit dem richtigen Mitarbeiter verbunden werden, müssen Sie jetzt mit Ihrem Tonwahl-Telefon eine Auswahl treffen …«

Tonwahl-Telefone: Nach den Pocken und Mike Krüger gleich auf Platz drei der großen Geißeln der Menschheit.

»Für Bestellungen sagen Sie bitte laut und deutlich ›Zwei‹ …«

»Zwei, zwei, zwei, zwei!«, presche ich vorwitzig vor.

»… für Fragen betreffs einer ausstehenden Lieferung die ›Drei‹ …«

Was so ein verbeamteter deutscher Automat ist, der lässt sich natürlich nicht beirren.

»Wünschen Sie einen Überblick über unser Produktsortiment, die ›Vier‹ …«

Langsam werde ich ungeduldig.

»… für Teilnahme am Bonusprogramm die ›Fünf‹ …«

»Halt den Sabbel, du Hirni!«

»… für ausführliche Informationen über unsere Firma die ›Achtundzwanzig‹ …«

30 Minuten später eiere ich immer noch durchs Warteschleifen-Nirwana. Zwischenzeitlich habe ich zehnmal »Freude schöner Götterfunken« gehört, begleitet von einem ständigen »krzzz! krzzz!« in der Leitung. Außerdem pries eine Frauenstimme die Reize eines Urlaubs auf Usedom.

»… für direkten Zugang zu einem unserer Mitarbeiter die ›Neunundneunzig‹. Sprechen Sie bitte jetzt …«

»Eintausend-siebenhundert-und-drei!!!«, schreie ich erschöpft und willenlos in den Hörer.

»Knack … rausch … tut-tut! … tut-tut! … Danke für Ihren Anruf bei der Firma Dödeldowsky – zurzeit sind leider alle Mitarbeiterplätze belegt – bitte versuchen Sie's zu einem späteren Zeitpunkt noch einmal.«

Vier Tage und fünf Bestellversuche später. Die heiß ersehnte Lieferung ist da. Hab gleich richtig zugeschlagen: Zewa bis Ostern, Rasierklingen auch schon für die Zeit, wenn Caspar mal bartmäßig unterwegs ist. Alles bestens. Nur das Klopapier macht mir Kopfzerbrechen. Wenn ich im Hausflur stehe, kann ich die Deckenleuchte nicht mehr sehen. Keine 60 Rollen, wie bestellt. Sondern 60 *Pakete*. Jedes à zehn Rollen. Zellulose, wohin ich gucke.

»Macht nix!«, tröstet mich der beste Ehemann von allen. »Die können wir ja auch mal zum Besuch mitnehmen. Statt 'ner Flasche Wein.«

Immer dieser Gute-Laune-Terror

Oder: Warum Silvester feiern echt nicht ohne ist

Ich finde Silvester feiern ausgesprochen anstrengend.

Früher, als ich noch jung war, hoppte ich mit meinen Freundinnen zwischen 20 und 24 Uhr von Location zu Location auf der Suche nach der ultimativen Party – die wir nie fanden.

Später hoppte ich dann nicht mehr, sondern ging gleich schlafen.

Und noch mal später, also die letzten acht Jahre mit Schatzi, kann ich weder ins Bett noch feiern.

Was läuft da schief?

Da ist zum einen die Frage, die wie ein Nadelöhr vor jedem Einunddreißigsten steht: »Wer fährt? Wer trinkt?« Da ich in Schatzi einen Beifahrer habe, der mir gern erklärt, dass ich bremsen muss (Ach sooo! Dafür ist dieses Pedal!), der auch gern mal nachhakt, ob ich den Zehn-mal-zehn-Meter-Bagger ohne ihn auch gesehen hätte (sicherlich nicht!), ist es erstaunlich, dass mir alle Jahre wieder rund um Silvester uneingeschränkte Fahrtüchtigkeit attestiert wird.

So darf ich mich also wassertrinkend dem 24-Uhr-Gong entgegenschleppen, dem Gute-Laune-Terror ohne Alkohol-Stoßdämpfer schutzlos ausgesetzt. Und kriege jede Menge Knüffe in die Seite: »Lach doch mal!«

Was tut man nicht alles aus Liebe zu einem Mann? Vieles, echt. Aber lachen? Das geht wirklich zu weit.

Erschwerend kommt hinzu: An mindestens zwei der letzten Silvester mit Schatzi war ich schwanger. Und wenn man da mal locker in die Runde ruft: »Wo ist der Deinhardt?« (so als Witz, versteht sich), dann gucken einen alle an, als wäre man Alki, und fangen an, die Flaschen zu verstecken.

Jedenfalls, auch tröstlich: Ich bin nicht allein. Die Erfahrung lehrt, dass es immer noch weitere Gäste gibt, die auch nicht trinken. Bei uns wären das Omi Kiel (natürliches Fassungsvermögen 0,001 Promille) und mein Bruder Leuch (»Habt ihr auch Kirsch-Bananen-Saft?«). Neben diesen Party-Vulkanen fühlt man sich natürlich gut aufgehoben.

In diesem Zusammenhang denke ich an das einzige und wahre Silvester meines Lebens. Ein Silvester, an dem ich der Jahreswende mal gezeigt habe, wo der Hammer hängt, partytechnisch.

Ich war neunzehn, jung und brauchte das Geld. Zusammen mit meinen Freundinnen Sandra und Bettina verkauften wir für zehn Mark die Stunde Spumante-Sekt auf einer Lübecker Silvester-Großveranstaltung mit zweitausend Gästen. So süß und billig und überteuert kann gar kein Fusel sein, dass er allzu aufdringliche lüsterne männliche Tresen-Egel nachhaltig in die Flucht schlägt.

Nach einem kurzen Sondierungsgespräch unter Frauen beschlossen wir, dass der örtliche Getränkemarkt reif sei für ein neues Geschmackserlebnis: den »Spumante-Tequila-Bier-Sundowner« – von uns unterm Tresen fleißig gemixt aus allen warmen Resten und ekligen Neigen, die oben auf dem Tresen stehen geblieben waren.

Was soll ich sagen? Das neue Umsonst-Produkt wurde begeistert angenommen. Wir Frauen zufrieden, die Männer auch.

Nie wieder habe ich so einvernehmlich mit ihnen und Alkohol Silvester gefeiert.

Bumm-Bäng-Hip-Hop!!!

Oder die Frage: Wann schlafen Mütter?

Wissen Sie, was ich mit Hollywood-Beauty Angelina Jolie gemein habe? Die Schwellungen. Sie hat sie in den Lippen, ich unter den Augen.

Gestern Nacht, halb drei: Mini-Mann (10 Monate) mag trotz vier Portionen »Schlummer-selig-Grießbrei« nicht schlafen. Und leider sind kleine Jungs nicht wie große Jungs – sie lassen sich weder mit Bier noch einer Tatort-DVD bestechen.

Nun habe ich mal gelesen, dass sich das menschliche Ohr an alles gewöhnt: Presslufthammerlärm, startende Düsenjäger – nur nicht an Babygeschrei. Oder anders formuliert: So dick können Wände gar nicht sein, dass du nicht durch sie hindurch dein einsames, trauriges Kind weinen hörst und es dir das Herz bricht.

Um Papa nicht zu wecken, hole ich den kleinen Menschen aus seinem Bettchen – ein kleines, aufgebracht nach Luft japsendes Paket. Er macht begeistert »böh!«. Ich könnte ihn umbringen und liebe ihn noch umso mehr.

Wir setzen uns mit Decke vor die Glotze, die ganze Trostlosigkeit öffentlich-privaten Fernsehens bei Nacht bricht über uns herein: Auf VIVA »United Irgendwas featuring Mr. Bumm-Bäng-Hip-Hop«. Immerhin: Das wilde Rumgezappel gefällt meinem kleinen Schreihals. Wie das Simpson-Baby nuckelt er aufgeregt an seinem Schnulli.

Auf SAT1 taucht jetzt Richterin Barbara Salesch auf und wird von Caspi mit begeistertem Beingestrampel begrüßt. Ich kann allerdings nicht sagen, ob wegen des Plots (Drückerkolonnen-Mandy hat Zuhälter-Yussuf dessen tiefer gelegten Ford Escort zerkratzt, in dem allerdings noch Mandys Ex, der Waffenschieber Stanislav, saß) oder wegen Barbaras Feuerwehrauto-Haarfarbe.

Der einstweilige Tiefpunkt meines Mama-Seins dann schließlich morgens um vier: Wir sind bei »sexy Clips« auf DSF gelandet. Caspi schwenkt mit rhythmischem »Möhmöh-möh-möh!« den Schnulli, während zwei blonde Hühner auf einer Saltomatte Verrenkungen machen.

Hat die Natur schon ganz schön clever eingerichtet, denke ich. Denn würde man sich ein Haustier anschaffen, das einem Schlaf und Nerven raubt, die Bude vollstrullert, laut und teuer ist und in Turbogeschwindigkeit neue Falten ins Gesicht zaubert? Wohl eher nicht.

Weiter komme ich nicht mit meinen philosophischen Betrachtungen über die Tiefen und Untiefen von Mutterliebe: Eine Etage tiefer meldet nämlich mit lautem *»Brätsch! Maaaaaaaaamaaaaa! Brätsch!«* jetzt auch Mäuseprinzessin (2¾) an, dass sie partybereit ist. Kurzer Blick auf die Uhr: Es ist zehn Minuten nach fünf.

Und schließlich, irgendwann gegen halb sieben, brummt es dann auch anteilnehmend aus den Tiefen von Schatzis kuschelig warmem Kopfkissen. »Brauchst du Hilfe, Mausi?«, fragt mein Riesenbaby.

Ja. Am besten weiterschlafen und nicht stören.

Schatzi & ich im neuen Haus

Oder die Frage: Passt sein Hemd zu unserer Couch?

Vor kurzem sind wir umgezogen: aus einer Miet-Etagenwohnung, die Schatzi schon vor meiner Zeit hatte und wo noch – mir völlig egal – die Fischstäbchen meiner Vorgängerin in der Tiefkühlschublade herumkullerten, in ein eigenes Reihenhäuschen mit Garten. Seither habe ich die schlamperte Alles-rumliegen-Lasserin hinter mir gelassen und die wahre und einzige Hausfrau in mir entdeckt:

Alles blitzt und blinkt, allein der Gedanke, auf meinem noch kratzerfreien Ceranherd irgendwas kochen zu müssen, bringt mich um. Früher lachte ich über meine Tante, die zum Schutz vor Schwitzehänden und -popos riesige Stoffverhüterli über ihre Sofagarnitur gezogen hatte, jetzt suche ich ängstlich nach Flecken, sobald sich der Besuch von unserer Couch erhebt. Ich schüttle ständig die Kissen auf und drapiere sie wieder richtig hin – beides auch gerne, solange die Gäste noch sitzen.

Auch zwischen Schatzi und mir gibt es ein paar Feinjustierungsprobleme: Wenn er duscht, spritzen nämlich immer ein paar Spritzer auf den Holzboden. Ich habe schon überlegt, ob man es hinbekommt, dass er sich vor dem Haus in einem Eimer wäscht. Und was sein ganz persönliches Styling angeht, sage ich nur:

Da machst du als Frau die Wohnung hübsch. Und das Einzige, was nicht mehr zu den Gardinen passt, ist dein Mann auf der Couch. Sein blau gestreiftes Hemd? Eine Zumutung für jedes ambitionierte Interieur.

Nun kann man ja Männer leider nicht wie einen Hocker zum Beziehen geben. Und den Versuch, eine Tagesdecke über sie zu werfen, während sie sich in der Wohnung aufhalten, könnten sie vielleicht missverstehen. Männer sind ja manchmal etwas einfältig.

Zusammen mit Schatzi ist nun auch noch ein weiterer Sündenfall in unser schönes neues Zuhause eingezogen: seine oberhässliche alte Harley-Davidson-Motorradjacke. Die hängt jetzt an unserer stylischen Garderobe. »O Gott«, rufen meine Freundinnen, die mich besuchen kommen und ihrer gewahr werden, »was für ein Schicksalsschlag, Katja!«

»Mich gibt's nur mit Jacke!«, hat Schatzi erklärt.

Heute Abend werde ich drei Vaterunser beten. Wie heißt es da noch gleich in Zeile zwanzig: Und führe uns nicht in Versuchung, oh Herr!

Aus dem Fenster springende Cocker-Spaniel

Oder: Warum man beim Erziehen nur scheitern kann

Um der Frage zuvorzukommen: Mein Kind ist wohlerzogen, hübsch und – klar, bei der Mutter! – rasend intelligent. Kleine Einschränkung: Nur ich weiß das.

Neulich: Ein Rudel angefreundeter Mamis ist mit ihren geschniegelten Sprößlingen bei uns zu Besuch.

Geschniegelt?

Auftritt unserer Yella: Die hat sich – Rock als Häufchen auf der Treppe, Strumpfhose neben der Garderobe, Winnie-Pooh-Schlüpfer in der Hand – mal eben für FKK entschieden.

»Na, duuuuuu bist ja ein süßes Schnuckelmäuschen!«, versucht sich die erste ahnungslose Probandin an unserem kleinen Troll. »Wie heißt du denn????«

»Zwei Jahre.«

»Auch ein netter Name. Und wo ist dein Bruder?«

»Zwei Jahre.«

»Ich hab dir was Feines mitgebracht. Willst du mal auspacken?«

»Nein.« Grapsch.

Seit die Super-Nanny auf RTL praktiziert, darf man Kinder ja leider nicht mehr so einfach im Garten an eine Tanne binden. (Hundehalter haben's da leichter. Unser Onkel Hans zum Beispiel warf seinen Cocker-Spaniel Tama immer aus dem Fenster, wenn er mal wieder Pipi ins Wohnzimmer gemacht hatte. Woraufhin Tama erst Pipi machte, dann mit dem Schwanz wedelte und anschließend freiwillig sprang. Aber das nur am Rande.)

Mittlerweile hat unsere Yella entdeckt, dass sie doch sprechen kann:

»Mein Papa hat mich reindefälln delassen in die Toteletté!«, erläutert sie den kaffeetrinkenden Muttis. Die (wahrscheinlich allesamt Aktivistinnen des Kinderschutzbundes) klappen – flupp! flupp! – sensationslüstern ihre Lauschmuscheln nach vorn: »Und dann??« Yella gewissenhaft: »Und dann hat er abdespüld …!«

Ich drücke dem kleinen Mistkäfer schnell einen Korken in den Mund und stelle Rolf Zuckowski auf laut: »… sitzen unterm Hollerbusch und machen alle husch-husch-husch …«

PS: Seit gestern ist meine Welt wieder im Lot: Yella (Kindergarten-Kriegsbilanz allein der letzten Woche: Dean geschubst; Caspar das Töpfchen – Gott sei Dank leer – über den Kopf gestülpt) ist von einem anderen Mädchen gebissen worden.

Wie gemein ist das denn bitte?! Ich schaue streng auf die kleine Täterin. Wohl keine Erziehung zu Hause?! Gruß an die Eltern. Sollen sich mal was schämen.

PPS: Bekam gerade einen Anruf aus dem Kindergarten: Yelli hat zurückgebissen. Mal locker bleiben. Sind doch Kinder …

Klobürste49

Oder: Was ich im Internet treibe

Außer Schatzi gibt es vier weitere Dinge auf der Welt, die meine Leidenschaft lodern lassen: Schuhe kaufen. Schuhe im Sonderangebot kaufen. Gucken, wo neue Schuhgeschäfte eröffnen. Neuerdings bieten mir Schuhauktionen bei eBay eine neue Option zur Obsession. In der Rubrik »Kleidung & Accessoires« habe ich nicht nur schicke Schluppen und Mixer entdeckt, sondern auch den Zocker in mir.

Das wichtigste Zocker-Accessoire: eine Strategie. Rambo turnte seinerzeit mit Khakiklamotten, Indianerbemalung und Wumme durch den Urwald. Der Bieter im eBay-Dschungel tarnt sich mit fantasievollen, die Neugier weckenden Namen, zum Beispiel Klobürste49, und seine Waffe ist die krumme Summe: 17 Euro 56 zum Beispiel. Auf diese Weise ersteigerte ich schon ein nach Schweiß stinkendes Abendkleid und einen Kachelofen.

Schatzis Begeisterung für meine Internet-Begeisterung hält sich sehr in Grenzen. Das mag daran liegen, dass wir mit dem Zusatz getraut wurden: »… bis dass der Tod oder Kais Couch euch scheidet …«

Dann kam vor einem halben Jahr der Tag unseres Umzugs, und sein Blick fiel dummerweise auf den gelben Memo-Klebezettel an meinem Computer: *»Nicht vergessen! Kai Biedermeier-Sofa/eBay«*. So schnell konnte ich gar nicht gucken, wie er – Drei, zwei, eins! Meins, meins, meins! – alle seine Möbel mit schweren Zahlenschlössern am Boden festgekettet hatte. Blöde Panne.

Auch unsere Omi Kiel ist schon in den Genuss meiner schwungvollen Internet-Aktivitäten gekommen. Schatzi und ich brauchten nämlich einen neuen Fernseher. Was so zwei Technikfreaks wie wir sind – »Weißt du, er muss schön aussehen!« (ich); »Ja, und er braucht auch eine Fernbedienung!« (Schatzi) –, wurden wir uns schnell einig. Via Home-Shopping kam ein megahässlicher Riesen-Oschi von Toshiba in unsere gute Stube.

Keine 24 Stunden – und das Viech (»Weißt du, Ina guckt eh schlecht. Da ist ein großer Bildschirm doch super« – »Ja, genau!«) stand bei Omi Kiel. Die daraufhin ihr nigelnagelneues Gerät zu meinem Bruder Leuch verschob. Der in seiner kleinen Wohnung nun gleich zwei Geräte hat – aber Gott sei Dank gibt's ja eBay.

Zum Dank installierte er mir auch schnell noch ein paar mehr Bytes auf meiner Arbeitsplatte. Was toll ist, jetzt kann ich noch schneller surfen.

Nur ein neues Computer-Kabel bräuchte ich noch. Das hat Schatzi nämlich durchgeschnitten.

Warum befallen die fiesesten Viren ausschließlich XY-Chromosomen-Träger?

Oder: Warum man Männer auch mal loben sollte

Gestern habe ich im Bad Schatzis Medikamenten-Schublade aufgezogen. So muss es gewesen sein, als Forscher die Pharaonen-Gräber im alten Ägypten öffneten: mumifizierte Mückenstich-Salbe, eingetrocknetes Nasenspray, versteinerte Multi-Vitamin-Kapseln. Über allem der Staub von vier Kilo zerbröseltem Vitamin C plus.

Aber einfach so entsorgen ist nicht. Als bekennender Hypochonder hängt Schatzi an seinem ganzen Gesundheitsmüll. Dabei wär's das erste Mal, dass ihm etwas hilft, was er schon hat.

Viel lieber schleppt er sich, wann immer ihm der kalte Atem des Todes ins Gesichts schlägt, (sprich, es ein bisschen im Hals kratzt) mit letzter Kraft in die Apotheke, um sich mit den Marktneuheiten einzudecken. Dazu stellt er sich hinter eine Reihe anderer wartender männlicher Leidender und fühlt sich geborgen und verstanden und wahrscheinlich mehr geliebt als von mir. Wäre ich Marketingdirektor dieser Apotheke, ich würde für Kunden wie Schatzi eine Art Senator-Schalter einrichten. Mit der Chance, beim Kauf von zehn Flaschen Hustensaft zu einer Großpackung ABC-Pflaster upzugraden.

Nach seinem Power-Shopping-Ausflug – viel hilft viel – ins Pharma-Phantasia-Land (passend zum Erkältungssortiment haben sie Schatzi auch noch einen Taschenwärmer verkauft) richtet sich mein Mann zu Hause unter seiner Bettdecke eine kleine Sauna ein. »Ich muss das jetzt ausschwitzen!«, erklärt er mit brüchiger Stimme, eingepackt wie für eine Polar-Expedition. Und mit letzter Kraft stöhnt er: »Kannst du mir das Kissen zurechtrücken?« Gern doch. Vielleicht noch eine kleine Nachtwache gefällig? Falls das Fieber über 36,8 Grad klettert?

Ich gebe zu: Mir als Frau fällt es schwer zu verstehen, was in meinem kranken XY-Chromosomen-Träger vorgeht. Was es für ihn bedeutet, wenn seine Hand nur noch zitternd die TV-Fernbedienung halten kann. Und er nach dem fünften leeren Teller Hühnerbrühe resigniert feststellen muss: »Ich hab einfach noch keinen Appetit!«

»Was schluckt man denn zurzeit so?«, informiert sich Schatzi nur allzu gern bei Hänschen, seinem ebenfalls chronisch dahin siechenden Kumpel, wann immer er einen neuen Höllenvirus in sich spürt, also ungefähr alle drei Tage. Neulich empfahl dieser ihm eine teure neuartige Wundertunke aus der Apotheke. »Das powert dir voll durch den Körper.« Klar!, denke ich, und vielleicht reinigt es ja auch mein angelaufenes Cerankochfeld.

Sagte ich eben teuer? Das ist noch nichts gegen die 90-Euro-Paste, die sich Schatzis zweiter vom Leiden gezeichneter Männerfreund für sein Hühnerauge hat verschreiben lassen. Nicht dass Sie denken, das sei ein gewöhnliches Hühnerauge. Es war von einem hoch dotierten Professor diagnostiziertes, hundsgefährliches, lebensbedrohendes Spezial-Hühnerauge.

Wir können nur für ihn beten.

Kleine Hände am Pillimann

Oder die Frage: Sterben Kavaliere aus?

Früher, in grauer Single-Vorzeit, regte ich mich auf über Kerle wie Dieter Thomas Heck: Der steigt nämlich, so las ich's in der Illustrierten meines Vertrauens, immer vorne ins Taxi und lässt seine Else wie eine anatolische Mutti hinten reinklettern. So ein Pascha! Es lebe die Frauenbewegung!

Jetzt bin ich verheiratet, und wenn ich die Augenlider niederschlage, steht da auf den Deckeln ein D wie Dämuth. (Oder schreibt sich das Demut? Ich bin nämlich doof. Ich bin Ehefrau. Und als solche habe ich schon ein paar Runden Hirnwäsche hinter mir.)

Als aus Schatzi und mir ein Paar wurde, bevorzugten wir beim Taxifahren die »Häschen«-Variante: Ich stieg rechts hinten ein – und wurde dann von ihm nach links durchgehoppelt. Zunächst dachte ich natürlich empört:

Hey, wie ungalant ist das denn! Aber dann begann ich zur recherchieren. Und fand heraus, dass in Bielefeld-Brackwede, dem Örtchen, in dem Schatzi groß wurde, die Autos alle links keine Türen haben.

Da hatte ich ihm natürlich sehr Unrecht getan.

Nach der anfänglichen Häschen-Phase begann auch bei uns sehr bald die Heck-Phase: Als Frau, die ihren Mann liebt, aber nicht versteht, dachte ich: Warum sitzt der Kerl jetzt vorne und ich hinten? Und warum, überhaupt, telefoniert er die ganze Zeit?

Schwestern, heute weiß ich! Es gibt da gewisse Körperteile bei Männern, die sind einfach schrecklich lang. (Deswegen rufen die Frauen in den Filmen ja auch immer: »Oh Gott, du Schwein, wie laaaang!«) Richtig, die Rede ist von den Beinen. Nicht nur, dass Männer deswegen nicht hinten sitzen können. Auch vorne auf dem Beifahrersitz droht Lebensgefahr, und sie fahren ihren Stuhl gern bis zum Anschlag nach hinten. Dabei nehmen sie in Kauf, dass ihre Frau im Heck hinten – urrrrgh! – keine Luft mehr kriegt. Natürlich nicht böse gemeint.

Und diese Dauer-Handytelefoniererei? Ich sage euch, Mädels, die können nicht anders, die Männer. Das ist genetisch. Mein Sohn Caspi zum Beispiel ist jetzt neun Monate alt. Und worauf kaut er am liebsten herum? Auf meinem Handy. Umgedreht habe ich noch nicht erlebt, dass er sich eine Gurke ans Ohr presst. Und krabbeln kann er auch noch nicht. Aber liegt er nackt auf dem Wickeltisch, dann greift er mit der Präzision eines Herzchirurgen nach seinem besten Stück. Kurz und gut, Mädels! Lasst uns die Dinge nicht komplizierter machen, als sie ohnehin schon sind. Ihr wollt eine glückliche Ehe? Ihr wollt, dass euer Schatzi euch toll findet? So wie mein Schatzi mich? Mein Tipp: Verzichtet bei der Hochzeit auf spießige Aussteuer. Hirnwäsche statt Bettwäsche! Weitere Informationen beim Psychiater eures Vertrauens.

Unter Wölfen

Oder: Warum ich meinen kleinen Bruder immer ans Bett fesselte

Also, laut Kessler-Familienstammbuch besitze ich noch einen Chromosomen-Abklatsch, äh, pardon: kleinen Bruder. Jens K. heißt der. (Den vollen Nachnamen kann ich hier leider nicht nennen: Er möchte anonym bleiben.)

»Du«, klopfte dieser Jens neulich meinem Schatzi auf die Schulter, »darf ich dir noch mal den Dank unserer Familie aussprechen, dass wir Katja bei dir endlagern durften?« Zufriedenes Männergrunzen. (Anschließend zusammen das oscarverdächtige Werk »Alien im Nonnenkloster« geguckt.)

Das hat mich natürlich traurig gemacht. Bei Schatzi habe ich zwar schon alle Hoffnungen begraben. Aber Jens? Trotz meiner oben geschilderten Bedenken habe ich stets sehr viel Mühe in seine Aufzucht und Pflege gesteckt: Als er sechs war und ich acht, habe ich ihn gern mit meinem Bademantelgürtel an die Beine vom Klappbett gefesselt. Für nur eine Mark Vorkasse war ich bereit, ihm die Haare zu schneiden. Und als seine erste Flamme zu uns zu Besuch kam, klebte ich unter alle Tassen und Teller gut gemeinte Zettel mit »Wie schön, dass du da bist« und »Herzlich willkommen«.

Das ist jetzt der Dank.

Auch das Verhältnis von Mini-Mann (14 Monate) zu seiner zwei Jahre älteren Schwester Yella ist von tiefer Herzlichkeit geprägt. Die geschätzten 30 000 Lego-Steine, die wir mittlerweile schon per Abo von »Toys'R'Us« beziehen, reichen leider nicht für zwei. Sie schubst ihn, er zieht sie an den

Haaren. Einig sind sie sich eigentlich nur darin, dass ein Tag unter 190 Dezibel ein verlorener Tag ist.

Dabei lebe ich ihnen so viel Liebe vor.

»Schuhe ausziehen!«, bellte ich neulich Schatzis hochgeschätztem Schwager hinterher (… hmmm? Heißt irgendwie auch Jens …), als der Anstalten machte, sich unserem neuen Schurwollteppich zu nähern.

»Kein Problem!«, gab der sich ausgesprochen leutselig. »Wobei, Kätie, was ist für den Teppich wohl gefährlicher? Meine Schuhe oder die Socken?«

Fazit: Ich glaub, um das Miteinander von Brüdern und Schwestern auf dieser Welt ein bisschen harmonischer zu gestalten, muss SIE sich einfach immer das Positive vor Augen führen. Wie schrieb es neulich der Graffiti-Poet meines Vertrauens?

»In jedem Kerl steckt was Gutes. Und sei es ein Messer.«

Aktion neue Waschmaschine

Oder: Wo ist meine Gurke?

Ende letzter Woche hatte ich ein POG (Problem-orientiertes Gespräch) mit unserer drei Jahre alten deutschen Marken-Waschmaschine:

»👎 ☹ 💣 ☠ !«

Grundsätzlich waren wir uns einig. Waschen wollte sie trotzdem nicht. Gott sei Dank machte der Mann vom 24-Stunden-rund-um-die-Uhr-Reparatur-Service, den ich Freitag rief und der schon Montag kam, das Ding zum Super-Sonder-Schnäppchenpreis von umgerechnet fünf neuen Waschmaschinen wieder flott. Noch gratis obendrauf gab's ein paar trostspendende Worte: »Ich glaub nich', dass das hält. Ich denk, Sie kauf'n sich am besten 'ne neue Maschine.«

Eigentlich sollte die Hausfrau von Welt für solche und ähnlich gelagerte Fälle ja immer einen Besen oder eine Gurke griffbereit haben, um damit die Wichtigkeit ihres Anliegens zu unterstreichen. Ich versuch's dummerweise immer wieder mit so brutalen Methoden wie Kaffee kochen und überhöhtes Trinkgeld geben.

Keine drei Tage später, und unsere Geldvernichtungsmaschine made in Germany kehrte endgültig heim zu ihren Brüdern und Schwestern ins Reich der Waschvollautomaten. So fand ich mich mit Schatzi (»Müssen wir hier wirklich hin?«), Omi Kiel (»Kind, also, wenn du mich fragst, nimm was Gutes!«), Yella (»Haddu Sokolade?«) und Mini-Mann

(»Bräääätsch!«) beim berühmten Discounter aus der Werbung wieder. Auftritt: die Vollhirni-Verkäuferin meines Vertrauens.

Ich: »Was halten Sie von der Öko-Maschine hier?«

Verkäuferin (studiert den Geräte-Aufkleber): »… mmh … die kostet 1000 …«

Ich: »Und die andere hier?«

Verkäuferin (studiert weiter): »… die … 800 … ein Auslaufmodel …« (Merke: Elektro-Verkäufer sein heißt, du musst einfach nur lauter lesen können als dein Kunde.)

»Warum?«, gehe ich aufs Ganze.

Verkäuferin: »Manchmal werden Produkte ... nicht mehr produziert ...«

Ich: »Ein Auslaufmodell?«

Verkäuferin (stolz): »Ja, genau, ein Auslaufmodell!«

Vier Stunden später. Maschine angeschlossen. Discounter, Lasttaxi, Klempner drei Monatseinkommen in den Rachen geworfen. Showdown mit geschätzten 150 Kilo ungewaschener Muffelwäsche im Keller. Ich drehe den Schalter auf 40 Grad. Mini-Manns flinke Fingerchen finden das 90-Grad-Schrumpfprogramm schicker. Rettung in letzter Sekunde.

»Macht nix!«, tröstet Schatzi, der sein Discounter-Trauma mit meditativem Dauer-Zeitunglesen auf der Couch überwunden hat. »Hätt Caspar ja alles auftragen können.«

Wo war noch die Gurke?

Yoga, Joggen, Pilates?

Oder: Was ist der richtige Sport für mich?

Heute ein kleines Motivations-Quiz für alle, die wie ich anfangen wollen mit Yoga: Wie lange muss ich trainieren, bis ich meine Beine hinterm Hals verknoten kann wie Madonna?

a) Hundert Millionen Jahre.
b) Tausend Quadrillionen Jahre.
c) Das Ganze ist eine Foto-Montage. In Wahrheit liegt Madonna den ganzen Tag auf der Couch und isst »Ferrero Küsschen«.

Die richtige Antwort? Antwort d) Vergessen Sie Yoga, versuchen Sie's lieber gleich mit Joggen.

So machte ich mich vergangene Woche auf in den Park. Joggen? Ist ja so leicht gesagt. Vor den Erfolg hat der liebe Gott nämlich die alles entscheidende Frage gestellt: Was ziehe ich an? Rumkeuchen und hecheln ist das eine. Aber dabei will frau ja wenigstens hübsch aussehen. Meine Wahl: ein nigelnagelneuer, investitionsintensiver Jogginganzug in Tussi-Trendfarbe Melone. Mit einer XL-Kapuze, die beim Laufen auf dem Rücken rumhüpft wie der leere Sack vom Osterhasen. Allerdings nur zehn Minuten, dann beschäftigt mich nicht mehr so sehr das »Was ziehe ich an?«, sondern eher »Was ziehe ich aus?«: Ich, klatschnass und völlig groggy, werde links und rechts von hoch motivierten fünfzigjährigen überholt. (Vielleicht sollte ich auch erwähnen: Die joggten noch nicht mal, die machten »Nordic Walking«.)

Schon seit jeher habe ich die Angewohnheit, sportliche Triumphe mit Schokolade auf der Couch zu feiern. In diesem Fall trat bei der siebten »Milky Way Crispy Roll« Babs Becker in mein Leben. Aus der Zeitung lachten mich ihre stattlichen Boller-Bizepse an. Babs' Credo: Pilates, das Promi-Fitness-Programm. Ein bisschen rollen, ein bisschen dehnen, ein bisschen das Becken zwischen Nabel und Hüftschaufel hin- und herschaukeln – fertig sind 55 Kilo Muskeln und Sehnen. Ich fühle: mein Sport!

Auf ins Pilates-Studio. Betonung auf P-i-l-a-t-e-s. Die unbedarfte Hausfrau könnte nämlich auch denken, dass sie hier im Clubheim der Sadomasochisten gelandet ist. Lederbezogene Streckbänke, rasselnde Ketten, Riemen für die Fußgelenke. Hier hat mein Jogginganzug seinen letzten großen Auftritt: Beim Kerzemachen rutschen die Hosenbeine Richtung Popo und legen meine blassen Kaktus-Beine frei. Bei der Brücke – »Hallo? Hallo? Hören Sie mich noch?« – hat die Lehrerin Schwierigkeiten, durch meine Monster-Kapuze durchzudringen.

Jeder fängt mal klein an: Ich habe einen Pilates-Ring für zu Hause erstanden. Liegt zurzeit irgendwo unterm Bett. Wenn mal Zeit ist zwischen »Teletubbies« und »Tagesthemen«.

Also, ich finde: Wird doch …

»Aus!« »Pfui!« »Bäh!«

Oder: Wie man ein fünfzehn Monate altes Kind erzieht

Ich verstehe nicht, warum manche Mütter ihre Kinder nicht in den Griff kriegen. Mein fünfzehn Monate alter Sohn Caspar zum Beispiel versteht schon wunderbar Ansagen wie ein klares, lautes »Nein!« oder »Aus!«.

Vor zwei Wochen noch warf er immer seine Spielsachen vom Balkon, dann haute er ein bisschen auf den Köpfen meiner empfindlichen Kübel-Hortensien herum. Neuerdings beantwortet er Verbote gern mit einem glucksenden »Äh!-äh!-äh!«-Lachen. Guckt, ob auch ich gucke. Um dann die Spielsachen der Einfachheit halber direkt in die Hortensien zu werfen.

Meist schwappt dann ein inniges Gefühl der Liebe in meinem Herzen hoch, gefolgt von dem intensiven Wunsch, ihn zu Hühnerfrikassee zu verarbeiten. Nun ist rohe Gewalt kein Weg, ich weiß. Das Heil der Menschheit liegt im differenzierten verbalen Austausch:

»!Bäh! –!Pfui!!« (Ich)

»Rrrrrrrrrrrrrr!« (Caspar)

Haben wir derart unsere unterschiedlichen ideologisch-pädagogischen Positionen ausdiskutiert, ist Kuscheln angesagt. Dabei besitzen wir nur latent unterschiedliche Auffassungen von Zärtlichkeit: Ich streichle seinen Kopf, er umarmt mein Bein und beißt kräftig zu.

Nun möchte ich nicht ungerecht sein, denn der liebe Gott hat uns ja noch unseren großen, sanftmütigen, vernünftigen Augenstern Yella geschenkt.

So um vier, fünf Uhr morgens ruft sie gern mal aus ihrem

Zimmer, äh pardon, Prinzessinnen-Tempel »!!!!!!Paapa!!«, »!Maaaama?!!?«, um zu kontrollieren, ob's ihren Alten eine Etage höher auch gutgeht. Meist konnten wir ihren Wissenshunger diesbezüglich um ein, zwei, drei Uhr morgens (da brüllt sie nämlich auch oft) noch nicht ausreichend befriedigen.

»Kannst du mein Kisschen aufschütteln?«, oder »Räumst du mein Zimmer auf?«, fragt sie ihren herbeieilenden, schlaftorkelnden Vater dann gerne. Was soll's? Man kann ihr zumindest eine gewisse Häuslichkeit unterstellen.

PS: Neulich hat mich Caspar überrascht. Er reichte mir, seiner Mama, mit einem »dda!« von sich aus die Hand zum Frieden. Wobei das nicht ganz korrekt formuliert ist. Es war nicht seine Hand, die er mir da reichte, sondern die unseres kostbaren antiken Holz-Jesus. Die hatte er mal eben aus der Verankerung gedreht.

»Ehrenwort – ich bin die Ehefrau!«

Oder: Warum ich beim Nachnamen auf Gütertrennung bestehe

Schatzis und meine Ehe ist gewissermaßen kommunistisch geprägt. Prinzip: alles für jeden. Ich bediene mich großzügig bei seinen Socken, er darf mein Leergut wegbringen. Nur in einem Punkt entsagen wir der Zugewinngemeinschaft: Ich bin »Kessler«, bleibe »Kessler« und will nichts von seinem »Diekmann«. Schatzi ist »Schatzi Diekmann« und findet, dass »Schatzi Kessler« blöd klingt. Muss ich ihm Recht geben.

Diese Lösung hat viele Nachteile, aber auch den Vorteil, dass die Langeweile aus unserem Leben verschwunden ist.

Fall 1: Schatzi ohne mich in Prag. In einem Restaurant klauen ihm Diebe sein Handy aus der Tasche. Mein Mann hat die Mafia im Verdacht, möglicherweise liegt es aber auch daran, dass er in typischer Schatzi-Manier seinen Mantel an die dunkelste, unbewachteste, einsamste Garderobe der ganzen tschechischen Republik gehängt hat.

»Du musst die Chipkarte sperren lassen!«, ruft er mich nachts um eins an. Hatte ich's schon erwähnt? Auch bei Problemen machen wir halbe-halbe.

»Kessler mein Name«, melde ich mich dummerweise unter richtigem Namen bei der Dame von der Mobilfunkgerät-Klau-Hotline. Hätte ich bloß gelogen! Das kostet mich dreißig Minuten Überzeugungsarbeit, dass ich tatsächlich die Ehefrau bin. Ich bin sicher: Der Dieb hat längst eine 0180er-

Sex-Standleitung mit Pussy-Dolores in Taipeh. Schließlich sagt die Lady von der Klau-Hotline noch gnädig: »Na, dann nennen Sie mir mal das Geburtsdatum von Ihrem Mann.«

Ups, auch das muss ich noch erwähnen! Ich habe eine schwere Merk-, Schreib- und Ernstnehmschwäche, was Geburtstage angeht, gewissermaßen eine Geburtstagslegasthenie. »Äh … 64? 63? Juni? Juli?«, rate ich fröhlich los. Gleichzeitig muss man aber auch sagen: Die haben hier wirklich brutale Recherche-Methoden. »Aber wir sind wirklich verheiratet!«, werfe ich schluchzend den Hörer auf.

Fall 2: Schatzi & ich auf dem Flughafen. »Herr Kai Diekmann bitte zur Information«, schnurrt der Lautsprecher. Problem: Der testet gerade mit seiner Tochter (»Kommt da Wassa?«) die Spülkasten-Kapazitäten einer Lufthansa-Durchschnitts-Toilette.

»Guten Tag, ich bin die Ehefrau von …«, sage ich meinen Spruch auf.

»Oh, wir wussten nicht, dass Ihr Mann in Begleitung fliegt. Der Name steht hier nämlich nur zweimal – *Kai* und *Yella*. Oh, I am so sorry! Jetzt habe ich nur ihn und das liebe Töchterlein in die Business upgegradet.« Selber sorry! Die Ziege wird nicht zu meiner Beerdigung eingeladen.

Fall 3: »Kessler!«, meldete ich mich früher immer am Telefon. »Oh, guten Tag, kann ich Frau Diekmann haben?«, kam's meist zurück. Um die Sache abzukürzen, sag ich jetzt gleich »Diekmann!«

»Du bist eine Hochstaplerin«, findet Schatzi, »hier heißen nur drei Leute Diekmann: ich, meine Tochter und mein Sohn!«

Was zu viel ist, ist zu viel! Ich habe Schatzi jetzt ein generöses Angebot gemacht: Er darf meinen Nachnamen annehmen.

Ein quersitzender Pups

Oder: Brasil-Waxing für die Zähne

Montag war ich mit meinen zwei kleinen Monstern zum »Aua-weg!«-Salbe-Kaufen in der Apotheke. So was bringt natürlich nur Spaß, wenn beide unangeleint sind: Yella re-arrangierte die (zugegebenermaßen ziemlich hässliche) Sonnenmilch-Deko. Caspar widmete sich den Packungen mit den Anti-Stress-Bädern (in Pampersträger-freundlicher Grapschhöhe von 20 Zentimetern über dem Resopalfußboden).

Keine zehn Sekunden, und die Apothekerin übermannte eine Welle der Kinderliebe: »Und du, du lässt das hier jetzt mal stehen, kapiert?!!«, erklärte sie meinem interessiert dreinbrabbelnden Einjährigen.

Erste Regel im Konfuzius-Handbuch für gestresste Muttis: Denk nicht: »Was für eine schlecht gelaunte Verkaufsschnepfe!« Denk: »Eine sympathische Frau mit quersitzendem Pups.« Gott sei Dank hat sie ja die richtigen Therapeutika griffbereit hinter sich im Regal.

Zweite Regel: Stürme nicht erzürnt aus dem Laden. Reich dein Rezept über den Tresen und bete für was Schönes, zum Beispiel, dass die Pharmaindustrie für Frauen wie diese recht bald ein Zahn-Enthaarungsmittel entwickelt. Vielleicht sollte sie es bis dahin mit Brasil-Waxing versuchen? Möglicherweise geht ja auch heiß gemachtes Kaugummi.

An dieser Stelle kann ich die Geschichte meiner Seelenläuterung leider nicht weitererzählen. Das Rezept, das ich rüberreichen wollte? Lag vergessen beim Kinderarzt. Leider.

Und doppelt leider, weil ich's erst feststellte, als ich bereits den kompletten Inhalt meiner Handtasche auf dem polierten Tresen verteilt hatte. (Sportiv gesehen, konnte ich bei der Gelegenheit gleich mal aufräumen.)

Kein Rezept, kein Konsum – für die verzickte Pillen-Ische gab's jetzt kein Halten mehr. Mit Igitt in der Stimme – »Können Sie auf D. I. E. hier vielleicht aufpassen?« – trieb sie meinen Nachwuchs vor sich her. Da werd ich ja zum Elch.

Mit unfreiwilligem Maria-Hellwig-Appeal: Bei Aufregung kriege ich nämlich immer einen Kehl-Jodler: »Finger weg!« und »Hier kauf ich nicht mehr!«, kiekste ich und schnappte mir meine Kinder. »Scheinen ja genug Kunden zu haben!«

»Pro Rezept verdienen wir nur acht Euro!«, rief mir meine Kontrahentin hinterher.

Nachspiel: Nach der ganzen verplemperten Zeit gleich nebenan rein in den Supermarkt und zwanzig Kilo Einkäufe in ökologisch wertvolle Papiertüten gestopft. Hielten ökologisch korrekt bis gerade vor die Tür. Während ich mit beiden Kindern an der Hand auf dem Bürgersteig rumkrieche und Hackfleisch und Marmelade zusammengrapsche, hält mir eine helfende Hand eine Plastiktüte unter die Nase: die Apothekerin.

Konfuzius' Mutti-Regel Nummer drei: Beiß dir in den Hintern und sag Danke.

Probleme?

Oder: Dr. Schatzi hilft

Ich glaub, mein Friseur hat mich nicht lieb. Vorweg: Ich bin eine super-easy Kundin. Ich will meine Haare nicht zu lang und nicht zu kurz. Sie wissen schon, mit Strähnchen, 2 cm breit (die mess' ich mit dem Lineal nach), und das Ganze so geföhnt, dass ich auch noch auf der Party übernächste Woche Freitag davon guthab.

»Liebe Katja«, machte es neulich »be-beep!« in meiner Tasche – eine SMS von Peter, meinem Kopfbewuchs-Styling-Experten, wir duzen uns ganz schick. »Dein Wella-Farb-Code ist 7.0 mit einem Schuss 8.1. Alles Gute für die Zukunft.« Das letzte Paar, das sich per SMS den Laufpass gegeben hat, war, glaube ich, die Naddel und der Ralph Siegel. Nun also auch mein Friseur und ich. Buhuhu. Und ich weiß noch nicht mal, was ich ihm getan habe.

Zum Glück habe ich ja für derartige Schicksalsschläge meine psychologische Geheimwaffe: Dr. Schatzi. Spezial-Zuhörgebiet: Scheiß-Haushalt, Scheiß-Leben, gern auch kombiniert mit: Scheiß-Alles.

Einmalig, wie er auf dem Sofa sitzt, anspruchsvolle Krimis aus den 80ern guckt (Atomphysikerin liebt Konzern-Chef, der ist scharf auf die blinde Schwester der Striptease-Tänzerin, die einen Bankraub begangen hat), »Brickbreaker« auf dem BlackBerry spielt (»Hey, guck mal, ich hab noch fünf Leben!«) und dabei meine Probleme löst:

»Ich will ja nix sagen, aber du bist leider nicht immer einfach …«, tröstet er mich zum Beispiel gern. Abgerundet durch ein gefühliges »... I!c!h! habe da auch so meine P!r!o!b!l!e!m!e! mit dir ...«

Ja, in solchen Momenten hab ich Schatzi immer besonders lieb. Liebe, die ich 1 : 1 weitergeben möchte. Neulich hab ich Omi Kiel auf frischer Tat dabei erwischt, wie sie unsere Kinder mit Marmeladen-Toast gefüttert hat. Man könnte auch sagen: Sie hat das Glück unseres Lebens mit Karies verseucht und der Knochendegeneration preisgegeben. Früher hätte ich sie dafür noch ordentlich rundgemacht. Doch dank Schatzis Heilslehre der Liebe belasse ich es bei großmütigem Nachtragen und verständnisvollem einwöchigem Schmollen.

»Vielleicht«, überlegte Schatzi vorgestern Abend, »bist du ja deswegen so gereizt, weil du schwanger bist?« Frechheit! Der Verräter hat sich wohl heimlich mit Omi Kiel, der Kariesschleuder, und Peter, der Friseur-Memme, zusammengetan. Der Einzige, der mich jetzt noch versteht: mein Frauenarzt. Wie meinte der neulich? »Und immer hübsch Kreide fressen, Frau Kessler. Wie der Wolf im Märchen. Macht sanft!« Hmmm? Na, den knöpf ich mir das nächste Mal vor, den Kerl.

Glücklich in Dänemark

Oder: Lecker Fisch in Brösel-Panade

Kennen Sie das kosmische Prinzip von Ursache und Wirkung? Also: Hühner machen Eier. Windpocken Flecken. Und Kinder aus Um-die-Welt-Fliegern schicksalsergebene Badelatschen-Ferienhaus-Urlauber in Dänemark-Hennestrand.

Vorweg: Ich finde, Dänemark ist ein zauberhaftes Ländle. Mit vielleicht zwei Besonderheiten, auf die jeder Dänemark-Urlauber gezielt hingewiesen werden sollte: Achtung, es laufen da sehr viele Dänen rum! Und: Diese Dänen essen alle furchtbar gern frittierten Fisch.

»Cccchötts-Pötte« (Zäpfchen muss sich beim Sprechen flach an den Gaumen legen, dann Dialekt perfekt) zum Beispiel: biologisch wertvolle 20 cm dicke Brösel-Panade, unter der man nach etwas Graben auf eine rachitische Scholle stößt. Das ist meinem Schatzi natürlich viel zu gesund. Sein Liebstes: Fritten mit Mayo im Mischungsverhältnis 1:10. Obendrauf noch ein Pölser (hochroter Dödel, der vorgibt, ein Würstchen zu sein, und in einem Labber-Brötchen steckt).

Abenteuer Strand. Der Flachland-Matrose, mit dem ich verheiratet bin, hat beschlossen, Yella das Schwimmen beizubringen. Während er seinen Alabaster-Körper eincremt, darf ich ihm das schreiende Gör in den Badeanzug stopfen. Und ab ins angenehm 10 Grad warme Wasser.

»Du musst paddeln! Wie ein Hund!«, gibt Schatzi den Pädagogen. Woraufhin unsere dreijährige Tochter – voll andächtig und angestrengt – »Wau! Wau!« macht. Leider muss dieses vielversprechende Schwimmtraining vorzeitig abgebrochen werden: Eine niedliche, kopfkissengroße Feuerqualle kommt zum Spielen vorbeigeschwabbelt.

In der guten Nordseeluft bleiben nicht nur beim Papa, sondern auch beim Sohn die geistigen Sprünge nicht aus: Zu seinem Lieblingswort »d-d!« gesellt sich noch »b-b!«. Und während Omi Kiel und ich wie zwei Hühner im 15-Euro-Zelt-Windschutz aus dem Supermarkt hocken und fröstelnd dem Flugsand trotzen, beißt er uns liebevoll in die Waden. Das ist toll, weil: Bis vor einer Woche war's noch der Rücken.

»Komm!«, versuche ich zu Hause Yella zum Mittagsschläfchen in die Heia zu locken. »Wir machen Kuschelparty.«

»Warum?«

»Ja, also, wenn man sich liebhat, dann kuschelt man.«

»Ich hab dich aber nicht lieb.«

Ich hab die Nase voll.

PS: Seit gestern sind wir aus dem Urlaub zurück. Alle, wirklich alle, sagen, dass wir noch nie so erholt, glücklich und entspannt ausgesehen hätten. Muss sich um ein echtes Missverständnis handeln.

Zum dritten Mal schwanger

Oder: Zu viel Testosteron hat auch was Gutes

Seit ich wieder schwanger bin, hängt der Himmel voller Geigen. Im Testosteron-Hormonrausch (wird wieder ein Junge) möchte ich die ganze Welt umarmen. In diesem Zustand befinde ich mich zirka drei Minuten pro Woche. An den restlichen Tagen verstehe ich endlich, wie ein Mann tickt: Mir steht der Sinn nach verkloppen, beschimpfen und herzlich würgen.

Geht schon gleich los mit der Verkäuferin aus dem Babywäsche-Geschäft.

»Na«, meinte die am Montag mit einem verständnisinnigen Blick auf meinen Bauch, »Sie sind sicherlich bald dran.«

»Nee«, antwortete ich tapfer, »noch, öhm … drei Monate.«

»Na ja«, kam es fachkundig zurück, »beim dritten Kind ist's Gewebe halt schon 'n bisschen ausgeleiert.«

Ausgeleiert. Was für ein sympathisches Wort. Da denkt man doch gleich an alte Boxershorts. Oder an in die Jahre gekommene Eingeborenen-Frauen auf Papua-Neuguinea, die sich ihre Brüste über die Schultern werfen können. Nun also auch ich.

Gott sei Dank wäre da mein Lieblings-Gynäkologe, ein Mann, der weiß, wie man wunde Frauenseelen tröstet.

»Ach was!«, beruhigte der mich bei meinem Besuch am Dienstag, »Ihr Bauch ist gar nicht so dick. Ist alles Gas!« Dabei klopfte er – dong! dong! – auf mir rum wie der Heizungsmonteur am Rohr.

Hatte ich schon seine Sprechstundenhilfe erwähnt? Auch

eine große Liebe von mir und direkte Nachfahrin von Dracula. Lieblingsbeschäftigung: Blutsaugen. Ihre Ausbeute: gefühlte 150 Liter in zweieinhalb Schwangerschaften, meine Armbeuge sieht aus wie die von einem Junkie.

Und dann Mittwoch. Ich im »East«-Hotel. Menüfolge: superspannendes alkoholfreies Bier, dazu voll korrekter grüner Tee in Strömen. Anschließend Stippvisite bei »Für kleine Mädchen!«. Wobei »kleine Mädchen« wörtlich zu nehmen ist. In der Liliputaner-Kabine, die ich erwischte, würde sich höchstens Kate Moss wohlfühlen. Beim Versuch abzuschließen, kriegte ich die Tür nicht am Bauch vorbei und musste aufs Porzellan klettern.

Zum Stressabbau gehe ich Donnerstag-, Freitag-, Samstagnacht zum Nacktschnecken-Massaker in den Garten: Ich kenne verschiedene Tötungstechniken: mit Salz bestreuen, in Bier werfen (wenn ich's schon nicht selbst trinken kann), in leere Langnese-Dosen sperren.

»Du bist verrückt!«, erklärt Schatzi (zur Erinnerung: Das ist dieser Ignorant, mit dem ich verheiratet bin).

»Mir doch egal!«, antworte ich. »Entweder meine Cherry-Tomaten oder die.«

Nacktschnecken habe ich nicht viele erwischt. Aber Schatzi schläft jetzt zur Strafe auf der Couch. Und wenn ich's mir recht überlege: Nach der Schwangerschaft sollte ich mir vielleicht auch weiterhin immer ein bisschen Testosteron spritzen.

Sein Geschmack, meine Tricks

Oder: Warum ich Schatzi trotzdem liebe

Ein schlauer Mensch hat mal gesagt: Wenn ein Ehepaar denselben Geschmack hat, bedeutet das, dass der Mann seinen verloren hat.

Ich muss leider sagen: das stimmt. Und ist aber auch in den seltensten Fällen schade drum. Die meisten Männer kommen nämlich mit einer angeborenen Pupillenverkrümmung zur Welt. Folge: akute Farben- und Formenblindheit.

Neulich zum Beispiel war ich zum Kaffeetrinken bei meiner Freundin Christa. Alles hübsch gedeckt mit schönem weißen Porzellan. Hannes, ihr Mann, bekam den idiotensicheren Job: noch den Baumkuchen auspacken und dazustellen.

Ganz klar, was er nahm: den *blauen* Teller vom *anderen* Service. Dafür wollte er auch noch gelobt werden.

Ich möchte Sie jetzt nicht langweilen mit weiteren Horrordetails aus der Wohnung – zum Beispiel das Deko-Skateboard über dem Kamin, auf das Hannes besteht (wohlgemerkt: Er ist vierzig, nicht zwanzig); die Alice-im-Wunderland-Plastikscheiß-Blumen auf der Küchenfensterbank – die Liste der Vergehen ist endlos. Und Christa ziemlich verzweifelt.

Schatzi und ich sind da schon einen Schritt weiter: Als ich ihn kennenlernte, riefen unter anderem eine Schale balinesisches Holzobst auf dem Esstisch, Auslegware im Schlafzimmer sowie diverse Motivkrawatten: Entsorg uns! Wir sind so hässlich! Dem Wunsch kam ich umgehend nach.

Etwas schwieriger gestaltete sich der Umgang mit Schatzis

umfangreicher Sammlung zeitgenössischer Klecks- und Kreischkunst.

Mein Fehler: Ich merkte an, dass sich dieses Schimmelgrün vom Bild links, das Schmeißfliegenpurpur der Serie rechts sowie, in gewisser Hinsicht, auch das Eitergelb in diversen weiteren Werken nur sehr schwer mit unseren Vorhängen kombinieren lässt. GROSSER FEHLER!

Ein echter Kunstsinniger will nicht kombinieren. Er HASST das.

Darauf habe ich mich eingestellt. Ich hänge und stelle jetzt alles so kunterbunt zu- und durcheinander, dass es selbst Stevie Wonder übel werden würde. Nur noch eine Frage der Zeit, dass Schatzi in die Knie geht.

Manchmal, so abends im Bett kurz vor dem Einschlafen, denke ich: Ich bin ein ganz schön gemeines Frauchen.

Aber Schatzi behauptet ja hartnäckig, dass er mich liebt. Und er ist zwar ein bisschen blind, aber noch lange nicht doof.

Schatzi & die Rüsselpest

Oder: Rat mal, wer zum Essen kommt

Es war einmal vor gar nicht allzu langer Zeit, da hatten Schatzi und ich Freunde zum Abendessen eingeladen, Namen der Unglücklichen: Alberto und Alexandra. Ich glaub, die sind jetzt nicht mehr unsere Freunde.

»Ja dann, acht Uhr!«

»Um acht Uhr!«

»Wir freuen uns!«

»Ja, wir auch!«

Leider, kurz vor fünf, kriegte Schatzi die Rüsselpest, von Experten auch Schnupfen genannt. (Für Männer eine lebensbedrohliche Krankheit, ich erwähnte es schon mal.) Aufgeschoben ist nicht aufgehoben, dachte ich mir. Alberto und Alexandra? Mit denen machen wir einen neuen Termin. Und ich nutz den freien Abend für die Nacktschnecken-Jagd im Garten.

Um acht Uhr zehn klingelte es. Ich im Jogginganzug und mit Eimer zum Türspion: unser Besuch. Beziehungsweise, ich glaub, unser Besuch. Sehen konnte ich nämlich nur einen Riesenblumenstrauß. Welch Freude.

Schatzi auszupeitschen blieb keine Zeit: »Oh, hat Kai euch nicht auf den AB gesprochen ...?« Mit einem warmen Glas Weißwein und in greller Beleuchtung machten ich und A & A es uns im Wohnzimmer gemütlich.

Zum Glück gibt's ja Pizza-Service. (By the way: der größte Hausfrauen-Entsklaver nach Alice Schwarzer.) Fünf Minuten nach dem Bestellen von dreimal »Tzaziki-Pizza mit extra Tzaziki« fiel mir allerdings ein: oh, kein Bargeld im Haus!

Ran an Schatzis Portemonnaie. Aber auch der hatte all seine Kröten schon verjuckelt (eigentlich gleich ein Scheidungsgrund). Im Flur heimliches Flüster-Telefonat mit Smiley's:

»Nehmen Sie EC-Karte?« – »Nö!« – »Schicken Sie 'ne Rechnung?« – Auch »Nö«. – »Kriegen wir Kredit, nehmen Sie ein Baby in Zahlung …?« Hoffnungslos. Da mecker mal einer, dass Frauen ab dreißig teure Falten-Cremes brauchen.

Am dunkelsten Punkt dieses pechschwarzen Abends pumpte ich schließlich Alberto und Alexandra an: »Habt ihr mal dreißig Euro?« Das kam besonders gut.

Um kurz nach neun machte ich mich auf den Weg zum Geld-Automaten.

Und die Moral der Geschicht? Männer! Haben ständig Aua; können keine Anrufbeantworter besprechen; quatschen, wenn man am Steuer sitzt, ständig dazwischen; verstehen nix und wollen immer nur dasselbe essen …

… und wenn's drauf ankommt? Würd man sie immer wieder heiraten.

PS: Schatzi ist ja Masochist und liest tatsächlich alles, was ich schreibe. Diese Kolumne bekam das Prädikat: Kringel um den letzten Satz und ein »na hoffentlich« mit drei Pünktchen.

Auto am Haken

Oder: Drama in der Blinddarm-Straße

Neulich habe ich gelesen, dass irgendwie alle in München oder Berlin leben wollen. Da kann ich ja wohl nur lachen. Repräsentative, von mir durchgeführte Volksbefragungen (ausgehorcht wurden ich, Omi Kiel, der Gemüsemann) haben klar ergeben: Hamburg ist die schönste Stadt. Basta.

Letzten Sonntag allerdings, ich gestehe, wurde meine Liebe so ein klitzekleines-mini-bisschen auf die Probe gestellt. Ich mit Schatzi und unseren zwei Kleinen beim Italiener. Als wir wiederkommen: Auto weg. Das allein sorgt unter Ehepaaren ja schon meist für gute Laune:

»... du bist gefahren!« (Ich)

»Aber wer hat denn gesagt: Stell dich da hin! ...?« (Schatzi)

»... buhu, wo ist unser Autooooo?« (Yella)

»... ist, ähm, Freunde besuchen gegangen.« (Schatzi)

Volle Party-Stimmung kommt aber erst auf, als wir feststellen: Wohnungsschlüssel? Auch im Wagen. So ohne Jacken und Windeln und Nuckelflaschen um halb neun abends eine spannende Erkenntnis.

Ein Anruf bei der Polizei und die Bestätigung: Unser kleiner Liebling steht im »Autoknast«. (Gibt's wirklich! Hamburger Exklusiv-Erfindung!) Vorwurf: Er parkte (böse, böse) in einer obertoten Blinddarm-Straße semi-unkorrekt auf schraffierter Egal-Fläche und wurde »zum Schutze der öffentlichen Sicherheit« hopsgenommen. Ich glaube, Bankausrauben kann kein schlimmeres Vergehen sein.

Während Schatzi (»Hab leider was getrunken«) mit dem

Rest-Rudel – »Brüll!« (Yella), »Brüll-brüll!« (Caspar) – beim Nachbarn Einlass erbettelt, ich ab ins Taxi. Günstige 30 Euro und tausend dunkle Stadtteile weiter: Willkommen im PS-Kerker. Hier gibt's alles, was das Leben lebenswerter macht: neonbeleuchtetes Kassenhäuschen mit kugelsicherem Glas, eine schnarrende Stadion-Gegensprechanlage, die alle im Umkreis von 100 Metern darüber informiert, was für ein Schwein man ist (rührend das Schildchen »Abstand halten! Diskretion«), ein gemütlicher Asphaltplatz mit mannshohen Zäunen drumrum, auf dem sich eingeschüchtert 50 verhaftete Wagen aneinanderkuscheln.

In Begleitung eines Sicherheits-Fuzzis darf ich endlich zum Auto. Oh shit, beinahe hätt ich's vergessen. Bevor ich im Rahmen meines Parksünder-Resozialisierungs-Programms die Chance auf ein neues Leben mit altem Auto bekomme, gibt's vorher noch die Chance, ein bisschen Kohle abzudrücken:

»248 Euro.« (Parkplatzwärterin)

»Nicht Ihr Ernst! Waschen Sie die Autos hier auch?« (Ich)

Fazit: Ich bin voll das Glückskind. Die arme Frau nach mir zahlte 278 Euro. In Zahlen: 2! 7! 8! Hat wohl das falsche Abschleppunternehmen erwischt. Ich muss ihr unbedingt meins empfehlen. Erinnern Sie mich dran.

Mit Omi auf Wohnungssuche

Oder: Was findige Makler unter charmant *verstehen*

Am vor-vor-vorigen Freitag war ich Wohnungen gucken. Nicht, dass wir aus unserem Reihenhäuschen ausziehen wollten. Aber Omi Kiel hat die lästige Angewohnheit, sich immer nach Kiel zu verpieseln.

»Jetzt war ich schon acht Wochen am Stück nicht mehr zu Hause! Ich brauch meine eigenen vier Wände«, ist eine ihrer vielen Drückeberger-Ausreden. Kann man ihr natürlich nicht durchgehen lassen.

Schon die erste »Abendblatt«-Annonce, die ich im Zuge der Aktion »Wir verpflanzen Omi nach Hamburg« las, klang verheißungsvoll:

»Renovierungsbedürftige 2½-Zimmer-Wohnung in charmantem Jahrhundertwende-Haus.«

Abgesehen davon, dass ältere Damen renovierungsbedürftige Altbauwohnungen gemeinhin »Uürghh!« finden und Omi Kiel zurzeit über vier Zimmer Neubau verfügt – das optimale Objekt. Auf zur Besichtigung!

Schon 15 Minuten später hätte ich gern eine Petition beim Duden-Ausschuss eingereicht, die Definition des Wortes »charmant« noch mal gründlich zu überarbeiten. »Charmant« ist (Stand: 7. Oktober 2005, mitteleuropäische Sommerzeit, 53 Grad nördliche Breite, 10 Grad östliche Länge) ein össeliges Treppenhaus mit versifften, beschmierten Briefkästen, Wohnungstüren wie im Ostblock und Raufasertapete in Leberwurstfarbe.

»Toll ist«, erklärte mir die Maklerin ehrlich begeistert,

»hier gibt's keinen Investitionsstau. Die Eigentümergemeinschaft hat 25 000 Euro für Reparaturen zurückgelegt.« (Na prima. Noch 'ne Null dranhängen, dafür TNT kaufen und den ganzen Bunker in die Luft sprengen.)

Auch die Besichtigungsobjekte 2 bis 125 ließen nicht so recht Muss-ich-haben-Laune aufkommen: Nachtspeicheröfen, Leitungen über Putz, 80 cm breite Badezimmer und Duschen, die man nur benutzen kann, wenn man vorher übers Klo klettert. (Ich mein, nicht, dass Omi Kiel nicht gelenkig wäre!)

Der Groschen fiel am 7. Tag und der 500. Wohnung. Merke: Alles eine Frage der Interpretation. »Der Balkon liegt nach Süden«, erklärte der gewienerte Vermieter. Ich: »Nach Süden?« Er: »Ja, so ... Süden. Vielleicht ... naja ... Südosten ... lassen Sie mich noch mal überlegen ... genau! ... Südnorden!«

Neuestes Projekt: Omi Kiel zieht nicht um, sondern erst mal bei uns in den Keller. Omi Kiel hasst Keller. Abgrundtief und schon immer. Deswegen: Das heißt ab sofort nicht mehr Keller, sondern – vive la France! – SOUTERRAIN.

»Und was ist mit Nässe?«, fragt sie immer noch zaghaft.

»Also Omi, wirklich. Andere kaufen sich extra Raumbefeuchter. Willst du jetzt was für deine Gesundheit tun oder nicht?«

Bonbonfarbene Riesenstrampelanzüge für Schwangere

Oder: Wer keine Kugel hat, muss sich eine geben

Ich glaube ja, dass Umstandsmodemacher davon ausgehen, dass frau nicht nur ein Baby *bekommt*, sondern auch selber eins *wird*. Nur so ist es zu erklären, dass die Umstandsmodeläden vollgestopft sind mit kindischen Latzhosen, albernen bonbonfarbenen Riesenstrampelanzügen aus Frottee, Ringelshirts und geblümten Kleinmädchenkleidchen mit Rückenschleife. Wahrscheinlich liegt auch noch irgendwo im Regal das Selbstbau-Set »Zahnlücke«.

Am allerschlimmsten finde ich die Latzhose – in der Evolutionskaskade aus »Pottwal« und »Zirkuszelt« hervorgegangen.

Werdende Muttis, die sich für dieses textile Verbrechen entscheiden, heißen gern Heidi Klum und sind Supermodel – meint, sie sehen auch in zusammengenagelter Dachpappe gut aus. Alle Nicht-Heidis lassen aber besser die Finger von diesen Stoff-Monstern, es sei denn, sie sind scharf darauf, beim Betreten eines Cafés von Fluglotsen eingewiesen zu werden.

Und was die modischen Restalternativen angeht: Als ich neulich beim schwedischen Modehaus meines Vertrauens in der Umstandsmodenabteilung stöberte, hing da in puncto Ringel, Tupfen, Rüschen ungefähr die komplette taiwanesische Jahresproduktion. Gibt man sich doch als Frau glatt die Kugel. Moment – die hat man ja schon!

Aber der absolute Gipfel der Raffinesse? Unterwäsche für Schwangere. Höschen, die ich mir bis zu den Achseln ziehen kann. Stramme weiße Still-BHs mit Nuckelluke, die, geht es nach den Herstellern, am besten schon zu Beginn der Schwangerschaft zu tragen sind. Kein Wunder, dass mein Schatzi lieber fernguckt. Aber, auch das sei erwähnt: Einen Push-up brauch ich sowieso nicht. Die Dinger stehen wie eine Eins. Oder wie es einst Popstar Madonna gefühlig formulierte: »Erst betreten meine Titten den Raum, dann komm ich.«

Wie gesagt: Ich bin nur schwanger, nicht blind. Deswegen versuch ich's mit Umstandsmoden-do-it-yourself. Ich schnalle mir wie Obelix einen Gürtel um den Bauch und lass den Reißverschluss der Hose auf (hat sich aber die Hose gesagt »Nee, nicht mit mir!« und ist vom Hintern geplatzt). Oder plündere Schatzis Hemdenregal (wurde Schatzi zum Baby und weinte: »*Manno, ist aber meins!*«).

Gestern haben Schatzi und ich in Vorbereitung auf die Geburt das Krankenhaus besichtigt. Da wusste ich: Es gibt noch etwas unattraktiveres als Umstandsmode. Nämlich Kreißsaal-Fashion. Muss man sich so vorstellen: *sie* wehenstöhnend mit Hand im Kreuz im 19-Euro-90-Trainingsanzug vom Kaffeeröster, *er* passend im Partnerlook daneben.

Da gehe ich lieber nackt.

Dingdong

Oder: Warum ich manchmal gern hinter den Vorhang krieche

Auf die Frage »Sollen Männer und Frauen eigentlich heiraten?« habe ich schon wieder ein frisches Argument dagegen.

Samstagnachmittag. »Dingdong!«, macht's bei uns überraschend an der Haustür. Ich, im 9½ten Monat schwanger, fläze ungeschminkt und unangezogen auf der Fernsehcouch.

»Oh, kommen Sie doch rein!«, höre ich Schatzi im Flur entzückt ausrufen.

Wie soll ich sagen? Per se bin ich natürlich auch total entzückt und überlege, wie ich möglichst unauffällig hinter die Vorhänge kriechen kann.

»Komm doch, wir haben Besuch! Herr Neumann!«, erscheint Schatzis Lockenkopf – dumdidum! – in der Wohnzimmertür.

»Pssst! Kai!«, flüstere ich ihm zu. »Ich kann nicht … ich habe keine Hose an …«

Schatzi verschwindet wieder im Flur. »Also, meine Frau«, höre ich ihn erklären, »die kann grad nicht, die sitzt im Wohnzimmer und hat keine Hose an.«

Mensch, ist er nicht süß, mein Ehemann? Und so praktisch veranlagt. Nicht zu vergessen der Kindergarten-Elternabend neulich. Alle Mamis schreckensbleich, der nächste Winter naht – und damit die Saison der Kopfläuse. »Hey«, versucht sich Schatzi einzubringen, »ich find ja, man muss sich dem Thema spielerisch nähern. Wie wär's mit der Wahl einer Läuseprinzessin?«

Ja, und welch Freude erst, dass unsere Tochter Yella diese

praktischen Gene geerbt hat. Vergangenes Wochenende. Ich mit ihr und Caspar beim Kindergottesdienst. Der Pfarrer betet, bricht die Hostie.

»Mama, ich will auch einen Chips!«, ruft unser Augenstern.

Räusper … ähm …

Während alle – murmel, murmel – das Vaterunser sprechen, erklärt Yelli noch mal schnell der hinter uns knieenden Dame den korrekten Umgang mit göttlichem Flugpersonal: »Du darfßt die Türen nicht knallen! Dann ßtößt sich dein ßutzengel die Nase!«

Fehlt im Bunde der »Praktisch-denken-Särge-schenken!«-Fraktion eigentlich nur noch Schatzis Schwiegermutti, Omi Kiel. (Ich streite jegliche Verwandtschaft ab!) Früher, als ich klein war, zog sie mir nach dem Baden immer Schlüpfer über den Kopf – gegen Zugluft. Ja doch … es gibt da seeeeehr schöne Fotos! (Man muss ihr auch zugutehalten, dass sie stets nur saubere Unterhosen benutzte!) Und wenn Kerner in seinen Kochshows immer diese komplizierten Soßen kocht, sollte er ruhig mal Omi Kiel einladen. Sie ist der lebende Beweis, dass frau mit Fondor und Madeira nahezu alles Flüssige in den Griff kriegt.

Doch! Ein paar Praktischgene habe ich von Omi Kiel geerbt:

Gestern ging es um die Aufteilung von Schatzis und meinem Kleiderschrank. Ich habe mir die oberen sieben Achtel zugewiesen, seine Sachen liegen jetzt auf einem Haufen unten hinten rechts. Soll er nicht meckern! Hat er wenigstens kurze Wege.

Und ich finde: Unter diesen Umständen können wir ruhig verheiratet bleiben.

Papi im Kreißsaal

Oder: Kolja ist da!

Letzte Woche Mittwoch 19 Uhr 47 hat der Klapperstorch unser Baby geliefert. KOLJA! Besondere Merkmale: hinreißendes Wangengrübchen rechts und ludenmäßig lange Fingernägel, als hätte er auf der Reeperbahn schon fünf Weiber laufen.

Die Geburt? Ach komm! In Zeiten von Hechelkursen, 24-bändigen Geburtsvorbereitungs-Kompendien und In-den-Bauch-atmen-Techniken für die moderne Großstadtfrau kein Thema mehr: Man geht mal eben in den Kreißsaal. Schreit ein paar Stunden rum. Denkt, man muss sterben. Und – schwupp – schon ist das Baby da. So einfach ist das. Ich würde sogar behaupten, dass mich Abi-Haben und der Besitz von Designer-Handtaschen beim Rumkreischen besonders weit nach vorn gebracht haben.

Gott sei Dank hatte ich Schatzi dabei, der verhinderte, dass es mir unter den Wehen komplett langweilig wurde.

»Mich würde ja interessieren«, begann er ein lustiges Pläuschchen mit unserer Hebamme, »wenn die Frauen hier von Kopf bis Fuß betreut werden, kümmert sich eigentlich auch jemand um ihren Haarwuchs auf den Zähnen?«

Dazwischen hielt er immer wieder liebevoll Händchen mit der SMS-Funktionstaste seines Turbo-Taschen-PCs (Ich mein – so zwei Stunden nicht im Büro, da müssen seine Freunde natürlich wissen, dass er noch am Leben ist). »... bin gerade im Kreißsaal, mir geht's gut ...«

»... ja, wissen Sie«, meinte die Papi-Versteher-Hebamme

zwischen zwei Wehen, die würdig gewesen wären, nicht nur unser Baby, sondern auch das dazugehörige Kinderzimmermobiliar gleich mit auf die Welt zu bringen. »Männer beruhigen sich, wenn man ihnen die Funktionsweise der elektrischen Geräte erklärt.« *Klar!*, denkst du. *Und ich hol die Bratpfanne raus und schlag jetzt zu.*

Für die Restportion Romantik sorgte der Professor, *Vierfach*-Vater wohlgemerkt: »Rein biologisch sind Neugeborene nichts anderes als kleine schreiende Verdauungssysteme«, gab's Nachhilfestunde in Medizin.

!!!Cut!!!

12 Stunden später.

Mit meinem kleinen schreienden Verdauungssystem und Baby zwei (das mit Bartwuchs und Brille) wage ich den Abflug nach Hause.

Hier greift MM Nr. 1, die erste Mama-Merkregel: Statt tirilierender Engelschöre zur Begrüßung ein aufgedrehtes Schwesterchen, das in Endlosschleife »Oh Tannenbaum, oh Tannenbaum, die Oma liegt im Kofferraum« singt. Dazu ein eifersüchtiges Brüderchen, das Neuankömmling Kolja die Augenlider hochzuziehen versucht.

Gefolgt von MM Nr. 2: Nein, Schatzis lernen nicht mal eben über Nacht das Bedienen der Waschmaschine.

Montagnacht, 2 Uhr 30. Ich sitze am Computer, schreibe Kolumne. Stillkissen auf den Knien, das Schmatzen des gefräßigsten Babys aller Zeiten in den Ohren, der Rest der Krawalltruppe in der Heia.

Ich schaue auf das Baby, ich atme seinen Duft, ich lausche in die friedlichen Schlafzimmer. Dritte Mama-Merkregel: Du musst dir die Zeit gar nicht vertreiben. Du möchtest sie festhalten. Für immer.

»Oh-Gott-Herr-Gottchen!«

Oder: Älter werden nur die anderen

Also, es ist so: Du merkst nicht, dass du älter wirst. Du wirst gemerkt. Auch wenn du gar nicht gemerkt werden willst.

Im Januar bin ich vierzig geworden. Das fand ich ganz okay, bis ich das erste »Oh-Gott-Herr-Gottchen!« meiner Freunde mitbekam. Sie guckten etwas bestürzt und behandelten mich dann, als ob ich etwas sehr Schlimmes, Unheilbares hätte. Natürlich fragten sie mich auch: »Feierst du?« Aber ihre Meinung dazu war in ihren Pupillen ablesbar: Bei einem Beinbruch lässt man ja schließlich auch keine Party steigen.

Unappetitlicherweise kam vor kurzem auch noch ein Schreiben von der Bundesversicherungsanstalt. Wie garstig! Die wollten doch bis jetzt nix von mir! »Liebe Frau Kessler«, wurde da penibel gerechnet, »mit fünfundsechzig kriegen Sie folgende Rente.« Rente? R-e-n-t-e? R. E. N. T. E.??? R. E. N. T. E. U. N. D. I. C. H.??? Von diesem Malheur las man doch sonst nur in der Zeitung. Das passierte anderen.

Auch der Besuch eines Douglas-Ladens – ohnehin eine Arena, die ich nur betrete, wenn ich volle Kampfbemalung habe – raubt mir sämtliche Illusionen. Ich will nur einen Lippenstift – aber natürlich geht bei der Verkäuferin sofort der vollautomatische Vampirblick an, und sie saugt die Fehlermeldungen aus meinem Gesicht: »Darf ich Ihnen noch etwas für die, ähm, trockene Augenpartie anbieten?«, fragt sie hilfsbereit. »Und wir haben doch hier gerade diese tolle Aktion laufen! Die Zehn-Tage-Kaviar-Revitalizer-Ampullen-Kur für 349 statt 500 Euro.« Na, ich schein's ja nötig zu haben.

Schon aus Prinzip kaufe ich dann nur den Lippenstift, aber beim Bezahlen schummelt mir die Kassiererin natürlich noch eine Testtube Knittermund-Push-up in die Tüte.

Auch mein Kleiderschrank hat mir aufgrund meines nun biblischen Alters die Freundschaft gekündigt: Da hängen kurze Hosen und schulterfreie Kleider und lachen: Du glaubst doch nicht etwa, dass DU uns noch tragen kannst?! Und da unten in der Ecke! Diese 30-cm-Stilettos, mit denen ich noch vor zwei Jahren locker die Sechser-Kiste Evian in den fünften Stock schleppte! Wenn ich die jetzt so sehe, macht schon beim Hingucken nach einer Minute mein vierter Zeh von rechts Aua. Und wenn ich dann wütend die Tür zuwerfe, meine ich sie hinterherrufen zu hören: Schabracke! Schabracke! Schabracke!

Im März hielt ich einen Vortrag in der Grundschule über gesunde Zähne. Ich guckte die Erstklässler streng an und meinte: »Auf das richtige Zähneputzen hat man, als ICH so alt war wie ihr, noch nicht so geachtet …«

Unterbricht mich ein Erstklässler: »War das im Krieg??«

No fuck, no freedom!

Oder: Und dann kam Pam

Wissen Sie, ein Kind zu bekommen, heißt, ein trojanisches Pferd in sein Leben zu lassen. Sie beugen sich über die Wiege und machen putzi!-putzi!-gutzi!-gutzi! Und hinter Ihrem Rücken schleichen sich lauter verdächtige Dinge in Ihre Wohnung: taiwanesische Kinder-E-Gitarren, Marmeladengläser mit gefangenen Schnecken, Bommelmützen von Tante Hedwig. Und irgendwann – ist nur eine Frage der Zeit – wohnt auch ein Au-pair bei Ihnen.

So kamen auch Katja K. und Kai D. aus Hamburg zu einem neuen Familienmitglied: Pam, dreiundzwanzigjährige Horizonterweiterung aus Atlanta. Kennen- und liebengelernt hatten wir uns per Internet.

Als das dreiköpfige Diekmannsche Begrüßungskomitee Amerika-Pam Anfang März am eisekalten Dammtor-Bahnhof erwartet, ist das wie bei Kai Pflaume in »Nur die Liebe zählt«: Mama ist gerührt, Yella und Caspar halten Plakate mit selbst gemalten Herzchen hoch. Beiden wurde eingeschärft: »Wots jur näm? Mei näm is.« Und immer lächeln.

Erster Eindruck von Pam: ein belesenes Naturkind. Wenn man Brille und die Badelatschen an ihren Füßen so interpretieren möchte. Zweiter Eindruck: Vom Naturkind streichen wir mal das »Natur«. Denn als sie bei ersten zaghaften Sonnenstrahlen mit Kolja in die Sandkiste geschickt wird, geht sie sogleich auf Hummeljagd. Anschließend trieben acht tot in einer Tasse mit Wasser.

Auch zu Schafen scheint das Verhältnis optimierbar: Irgendwann liegt Caspar in seinem Bett auf einem weißen Frisbee – das war mal ein Lammfell, bevor Pam es eine Stunde dem Miele-Trockner anvertraute.

Aber reden wir über positive Dinge! Positiv war, dass ihr meine Klamotten gut gefielen. Kaschmirspullis, Pashminaschal – alles, was ich ihr auf die Schnelle gegeben hatte, damit sie nicht friert, wanderte in ihren Kleiderschrank. (Immerhin konnte ich ab und an noch einen Blick auf meinen Besitz werfen – wenn sie zum Beispiel in meiner Angorastrickjacke ihr Badezimmer putzte.)

Ja, ja, das war schon eine lustige Zeit!

Und so kulturenaustauschig!

Hummel-Trockner-Angora-Pam hatte zwar die eine oder andere Tätowierung auf ihrem Körper verteilt, aber sobald der zweijährige Kolja nackt vor ihr stand, rief sie »uusch!« und bedeckte jungfräulich die Augen mit dem Handrücken. (Was auch nicht wirklich schlecht ist. Denn von Jude Law weiß man, dass er reihenweise die Familien-Nannys auf dem Küchentisch flachlegt. Besser also, es wohnt kein Sexmonster in meinem Souterrain, das es mit meinem Ehemann zwischen der Bügelwäsche treibt, während Mama im Kindergarten für den Ruanda-Markt Postkarten beklebt.)

Und wie ging die Geschichte aus?

Sie ahnen es. Pam wohnt nicht mehr bei uns.

Sie ging. Ich glaube, es war, nachdem sie uns gefragt hatte, woraus Pommes sind. Aber ich erinnere mich nicht mehr genau.

Du, Ooooo-ma?

Oder: Kleine Menschen und ihre großen Freunde

Wenn Sie mal einer älteren Dame mit riesigem Loch im Bauch begegnen: Die heißt unter Garantie Oma Kiel und hat versucht, alle »Warum-ist-die-Banane-krumm-Fragen« ihrer vier Enkelkinder zu beantworten.

Ich bekomme schon beim Zuhören Schwitzkringel – sie beantwortet mit Engelsgeduld auch noch das 43. Wieso?.

»Du, Oooo-ma?«, meinte Kolja, unser Dreijähriger, neulich.

»Ja, mein Schatz?«

»Wie alt bizt du?«

»73.«

»Wiezo?«

»Weil ich schon vor langer Zeit auf die Welt gekommen bin.«

»Dann kommst du doch als Nächste in den Himmel, oda?«

Nun haben Omis nicht nur Löcher im Bauch, sondern ein Gemüt wie ein Allradantrieb. »Oh, das will ich mal nicht hoffen!«, kam's geländegängig und gut gelaunt.

»Aba kannst du mal mit Jesus zprechen?«

»Möchtest du das?«

»O ja! Und kannst du ihn fragen, dass du zweimal auf die Welt kommst? Damit du sehen kannst, wie wir unseren Steg fertig bauen?«

Omi Kiels Augen tränten plötzlich ganz merkwürdig, (auch das eine typische Großmütter-Eigenschaft: der Zwiebelfaktor), und sie schnäuzte sich schnell die Nase mit einem ihrer stets in der Hosentasche griffbereit mitgeführten Tempos.

»Du, Oooo-ma?«, wollte Kolja jetzt mit treuherzigem Augenaufschlag wissen. »Waz ist, wenn alle Bäume auf der Welt krank sind?«

Punkt vier der Großmutter-Kardinal-Tugenden: der »Zapp«-Faktor – mal eben umschalten. »Oh, ja« , nickte sie eifrig, »das wär natürlich nicht so gut!«

»Mmmm«, nickte auch Kolja, »weil, dann sterben die! Und die Menschen haben keine Luft mehr! Weil: Die Bäume machen Sauerkraut!«

Ende gut. Alles gut. Fast. Da wäre noch das Wort zum Sonntag von Caspi, fünf Jahre alt:

»Du, Oooo-ma?«, fragte er gestern.

»Ja, mein Schatz, was ist denn?«

»Können wir mal endlich Blutorangensaft kaufen?«

»Wieso?«, drehte Omi Kiel den Wieso-weshalb-warum-Spieß einfach mal um.

»Für die doofen Mücken! Wir vergiften den. Dann trinken die den. Und dann sind die alle tot«, erklärte Caspi.

Bleibt – nach dem ganzen Geschreibe übers Sterben – die ultimative Frage:

Warum holt der liebe Gott die Omas überhaupt zu sich? Warum können sie nicht ewig bleiben, um ihre Enkel mit ihrer Zeit, ihrer Fantasie, ihrer Liebe zu beschenken? Warum müssen auch kleine Menschen den Weg in den Himmel antreten?

Die einzig mögliche Antwort im großen weiten Universum kann doch nur sein: Der liebe Gott will oben in den Wolken ihren wunderbaren Dialogen lauschen.

Schwiegermütter

Oder: Kampf den Kondommützen!

Meine Freundin Ulli sagt immer, Schwiegermütter sind die Elektrozäune um die Kuhweide.

Da gehst du einmal ran, kriegst eine gewischt – und ziehst in Zukunft die Nase ein. Mein Elektrozaun heißt Brigitte. Ein sehr netter Elektrozaun. Wie verstehen uns prächtig, ich bin ihre Lieblingsschwiegertochter. (Explizit hat sie mir das natürlich noch nicht gesagt – aber ich bin ihre einzige, viel Auswahl hat sie nicht.)

Selbstverständlich musste diese Liebe erst mal wachsen – denn Schatzi ist ein Prachtsohn, den gibt man nicht so ohne weiteres her, schon gar nicht an eine Frau, die in der Küche noch nicht mal ein Filet Wellington hinkriegt. Ich habe andere Lebensschwerpunkte: Ich kämpfe gegen Ketchup, gegen Kondommützen (Sie wissen schon, das sind diese Teile, die man Kindern komplett über den Kopf zieht, und nur vorne ist so ein Guckloch drin), ich kämpfe gegen Pullis *in* der Hose und Flechtfrisuren mit Poposcheitel. Kurz: Für jede handelsübliche Schwiegermutter bin ich eine Heimsuchung.

Schatzis Heiratsmiterwerb heißt Ina.

Ina wurde gleich zu Beginn unserer Ehe straffällig, weil sie versuchte, ausgediente Unterhosen als Putzlappen in unseren Haushalt einzuschleusen, und noch an der Waschmaschine erwischt wurde. Außerdem neigt sie dazu, in alter anatolischer Tradition beim Autofahren immer gleich auf die Rückbank zu klettern und Lebensmittel über Verfalldatum aus dem Kühlschrank zu futtern. Und wenn der vierjährige

Caspi den Stift mit links greift, ruft sie in Schlangenbeschwörerton: »Schatz, nimm die MÄNNER!HAND!«

Nun – das alles wäre verzeihbar, schlüge nicht auch noch ein Verräterherz in ihrer Brust. Neulich zum Beispiel kam's drauf an. Ich wollte ihren mit mir verheirateten Schwiegersohn davon überzeugen, dass er doof ist – und sie quatscht einfach dazwischen: »Du, Katja, ich glaube, der *Kai* hat Recht.« (Eigentlich gehört das Bett der Undankbaren in den Garten – das an dieser Stelle nur mal kurz angemerkt.)

Mittlerweile habe ich mich wieder ein bisschen eingekriegt. Das liegt an Kais Geburtstag. Wir hatten Besuch. Der sechsjährige Kumpel von Caspi erzählte, seine Oma sammle Haare, fülle sie in Kopfkissen, die dann der Opa zu Weihnachten kriegt.

Da hab ich ja in der Schwiegermutti-Lotterie noch sechs Richtige mit Zusatzzahl.

Let's schmeck!

Oder: Das große Fressi-Fressi zu Weihnachten

Wenn Weihnachten naht, dann weiß frau, was sie an ihrer Familie hat.

Fresstechnisch gesehen.

Es geht los mit Schatzi, der panische Angst hat, die Lebensmittelgeschäfte könnten schon leer sein, wenn er kommt. Deswegen schreibt er – hier ist jetzt mal der ganze Mann gefragt – spätestens zwölf Monate vorher einen sehbehindertengerechten Einkaufszettel für seine Ehefrau.

WÜRSTCHEN! (VIELE!)
SCHARFER SENF!!
WEISSES!! TOAST!!!

In Absprache mit seinen minderjährigen Kindern und unter Missachtung sämtlicher hart erarbeiteter Ernährungsprinzipien wird dieser Zettel noch um die Positionen

FANTA!!!!
und
… SSZOKOLADE!!!!!

ergänzt.

Dann ist Weihnachten. Ein Fest, das es jedes Jahr wieder schafft, Schatzi damit zu überraschen, dass es am 24. stattfindet. In der zweiten Dezemberwoche wird er dann immer ganz blass und sagt: »O Gott, übernächste Woche ist ja schon

Weihnachten!« Das betroffene Gesicht, das er dazu macht, habe ich sonst nur noch bei RTL gesehen, wenn Männer von ihrem Besuch beim Proktologen berichten.

Mit heiligem Ernst werden die Aufgaben verteilt. »Kümmerst du dich ums Essen?«, fragt mich Schatzi. Und ergänzt: »Ich kümmere mich dann um die Getränke.«

Mit »Getränke« meint er den 95er Lafite Rothschild Grand Cru, den seine drei, vier und sechs Jahre alten Kinder sowie das sechzehn Wochen alte Baby so schrecklich gerne trinken. Während er dann die Flaschen aus dem Keller holt und mit Zunge im Mundwinkel in einer Reihe auf dem Küchentresen dekoriert, falle ich im örtlichen Schlemmermarkt ein, um die sexy Resteinkäufe zu erledigen: Windeln, »Saubär«-Toilettenpapier, solche Sachen.

Dann ist aber tatsächlich Weihnachten.

Im Kühlschrank stapeln sich Würstchen, Remouladen, Marzipanbrote in vierunddreißigfacher Ausfertigung – denn Schatzi hatte am Vormittag frei. Und als Jäger, Sammler und Frauenskeptiker, der er nun mal ist, treibt's ihn selbstverständlich auch noch mal höchstselbst in den örtlichen Supermarkt. Man kann an dieser Stelle nur sagen: Wir hatten mordsmäßiges Glück. Das Toastregal war bis auf elf Brote leergeräumt, er konnte aber trotzdem noch vier käuflich erwerben.

24. Dezember, 17 Uhr 30.

Wir knien unterm Baum, alles ist stockdunkel, die Kerzen brennen, die Wunderkerzen prizzeln.

Schatzi und ich singen »Sti-hil-le Na-hacht ...!« Besinnung pur.

Nur Caspar schaut streng:

»Wo sind denn jetzt die Kekse?!«

»Plopp! plopp! plopp!«

Oder: Bekenntnisse einer Cabriolette

Eben noch war die Welt winterlich düster. Zwiebelschalenartig eingemummelte Menschen saßen mit blassen Gesichtern hinter den Lenkrädern von schneematschbespritzten Egal-Autos. Und was den Fahrern ihre Weihnachts-Speckringe, waren den Autos ihre dicken Winterreifen.

Und plötzlich macht es »plopp! plopp! plopp!«, und auf dem Asphalt blühen die bonbonbunten Autos. Richtig – Cabrio-Zeit! Merke: Nicht dottergelbe Osterglocken und lila Krokusse kündigen den Frühling an. Viel verlässlicher sprießen die Cabrio-Fahrer. So hart wie sie ist keine Pflanze – selbst wenn die Sonne nur ein Gerücht im Radio ist, sitzt ein echter Oben-ohne-Anhänger immer noch mit offenem Deckel, Sonnenbrille und Schal bis zur Nase in seiner aufgesägten Schüssel.

Doch wer jetzt glaubt, ich könnte mich nicht erwärmen fürs Cabrio-Fahren, liegt falsch. Ich bin nämlich selbst bekennende Cabriolette. Meinen ersten Wonderbra auf vier Rädern ernörgelte ich mir vor zwanzig Jahren von meinem Papa. Einen schwarzen MX5 mit lederfarbenem Verdeck. Unter respektlosen Studienkollegen auch »Platz-da!-Mazda!-Tussi-Schleuder« genannt. Egal. Nie fühlte ich mich so sexy. Nie zog ich so viele bewundernde, begehrliche Blicke auf mich. Besonders die Erdbeer-Körbchen-Casanovas (Für Nicht-Eingeweihte: Das waren die Fahrer von Golf-Cabrios) fuhren auf mich ab.

Ich spürte: Marilyn Monroe hatte sich getäuscht. Nicht

Diamonds waren a girl's best friend – es waren Cabrios. Absolut Chinchilla für die Seele. Oil of Olaz auf zerknittertem Ego. Viagra fürs weibliche Hormonsystem. Ich könnte das hier jetzt noch ein bisschen ausführen.

Jedenfalls: Zwei Dinge belasteten ziemlich bald unsere Liebe. Erstens: In den Mini-Kofferraum passte gerade mal eine Dose Haarspray der Marke extrastark. Womit wir auch schon bei Problem Nummer zwei wären: So ein Cabrio macht selbst die bestverankerte Betonfrisur platt.

Sehr schnell fuhr ich nur noch geschlossen.

Nach fünf Jahren ließ ich mich von meinem MX5 scheiden – genauer gesagt: Ich heiratete Schatzi und sattelte um auf einen praktischen Pampers-Bomber mit Platz für eine ganze Kuhherde.

Vor ein paar Tagen bin ich rückfällig geworden. Ich schwatzte unserem Freund seinen MG (sprich »Ähm-Dschi«) ab, eine Kreuzung aus MX5

und Zigarre. Eigentlich ein total frauenfeindliches Teil: Man muss Zwischengas geben, nur ein winzig kleiner Schmink… äh … Rückspiegel. Und nach drei Metern sieht meine Frisur aus, als ob ich eine Steckdose geküsst hätte. Also alles wie gehabt.

Doch – Moment! – schon an der ersten roten Ampel begann der Senior unruhig zu husten, als wollte er daran erinnern: Kind, dir mag zwar nicht kalt sein, aber mir.

Wir fanden uns in der Werkstatt wieder. Viele Stunden und Euros später war ich um eine Erkenntnis reicher: Wie alle Frühblüher haben auch vierrädrige Winterschläfer einen natürlichen Feind. Was fraßfreudige Kaninchen für Krokusse und pflückfreudige Frischverliebte für Osterglöckchen, das ist der TÜV für monatelang eingemottete Cabrios.

Aber, kleiner Ähm-Dschi, das kriegen wir mit Sicherheit auch noch hin! Denn: Plopp! plopp! plopp! Ohne uns kann der Frühling schließlich nicht losgehen …

Bäh, Pampe!

Oder: Blesshuhnkükenfilet

Wenn ich Omi Kiel etwas vorhalte, dann, dass sie mich als Kind mit Kohl gequält hat. Rosenkohl, Blumenkohl, Grünkohl. Das Brechmittel hatte vielerlei Namen. Mein Alter und meine Ahnungslosigkeit ausnutzend, wurde ich auch noch auf schamloseste Art und Weise belogen: dass es morgen schönes Wetter gibt. Dass mich Petra L., das coolste Mädchen der Klasse, zur Freundin haben will – nur drei Gabeln voll mit dem Stinkezeugs, und es wäre so weit.

Petra L. wurde natürlich niemals meine Freundin, und Kiel, die Stadt, aus der ich komme, hat den Regen erfunden. Ich brauchte Jahre, um mein frühkindliches Kohltrauma zu überwinden.

Jetzt habe ich selbst vier Kinder. Und füttere natürlich nach dem neuseten Stand der Wissenschaft: Joghurt ohne Zucker, Olivenöl statt Butter. Damit die kleinen Racker mit Schuleintritt die Zahl Pi bis zwanzig Stellen hinterm Komma aufsagen können und den New-York-Marathon bei Bedarf im Handstand laufen. Gäbe es den großen Fragebogen »Sind Sie eine tolle Mutter?« – ich würde mir hundert von achtzig möglichen Punkten geben.

Dann kam der Tag, als wir mit unserem dreijährigen Kolja und einem Kescher zum Ententeich gingen. In puncto Feinmotorik hatte ich nichts zu meckern – keine zwei Minuten, und ein Blesshuhnküken fiepte im Netz. Allerdings glaubte ich sogleich, die Vergangenheit sagte Hallo, ein tiefsitzendes »Hipp-Alete-Steckrüben-Trauma« bei meinem Sohn auszumachen. Er zeigte nämlich begeistert auf das Küken und krähte: »Das können wir essen, Papa!«

Als Peace-bewegter Mensch, der sogar für Igel bremst, ist einem das natürlich total peinlich. Schatzi und ich beschlossen, zu Hause umgehend die Frage nachzuarbeiten: »Wie ernähre ich mich als Dreijähriger politisch korrekt?«

Bis dahin versuchte es Schatzi mit einem: »Aber wir können das arme Küken doch nicht *essen*, Kolja!«

»Aba Mama mag so gerne Fleisch!«, wurde ich von meinem Sohn in die Pfanne gehauen.

Papa erneut: »Kolja, Schatz, wenn wir das Küken *essen*, dann sind die Eltern von dem doch ganz *traurig*! Dann *weinen* die!«

»Dann essen wir die eben auch!«, überlegte unser Sohn. »Und dann hören wir auch das Weinen nicht mehr.«

Was soll ich sagen? Vielleicht sollte ich statt Fragebogen auszufüllen lieber den Zimmerprospekt der JVA anfordern. Kann ja nicht schaden, sich schon mal ein bisschen mit den Örtlichkeiten vertraut zu machen, wenn unser kleiner, moralisch verkommener Gangster hier demnächst einrückt.

Und ich habe mir überlegt: Einen Punkt in diesem doofen Mütterfragebogen habe ich mir trotzdem verdient. Für Förderung der Entwicklung der Persönlichkeit. Heute Morgen auf dem Weg zum Kindergarten äußerte Kolja nämlich als Berufswunsch: »Wenn ich groß bin, werde ich Schlachter.«

Das Kind ist wenigstens zielorientiert!

Hamburger Deerns

Oder: Heidi Kabel reloaded

Irgendwie haben doch alle keine Ahnung, die sagen, das Schönste an Hamburg sei die Alster. Oder die Elbe. Oder der Hafen. Oder die Speicherstadt. Oder der Michel. Oder die eintausendvierhundert lebenden Deko-Schwäne.

Das Schönste an Hamburg sind die Frauen. Das kann ich völlig objektiv sagen – ich stamme nämlich aus der schleswig-holsteinischen Weltstadt Kiel und habe den kosmopolitischen Weitblick. Dabei sind Hamburger Frauen nicht nur schön, ich schwöre, es gibt sogar welche mit Brüsten. Das muss an dieser Stelle ausdrückliche Erwähnung finden, denn wer mit Nicht-Hamburger Männern über Hamburger Frauen spricht, hört Begriffe wie »nordische Schönheiten« oder »kühle Blondinen«. Und es scheint ein bisschen der Versuch, sich an den typisch weiblich-hanseatischen Knäckebrot-Faktor heranzutasten. Diese typische »Don't touch me«-Ausstrahlung der Frauen hier, das gänzliche Fehlen von Vollblutweibern.

Es gibt keine tiefen Dekolletés. Ist ein Kleid einmal etwas tiefer ausgeschnitten, finden sich im Kleiderschrank der Hanseatin genügend Pashminas, die sie in kunstvollen Girlanden darüber drapieren kann. Ihre Röcke haben stets die adrette Länge, das Prinzip ist: ›*Wenn schon oben tiefer, dann unten länger*‹. Jil Sander, die Ikone der androgynen Frau, hätte in keiner anderen Stadt als Hamburg geboren werden dürfen. Okay, vielleicht noch in Kiel.

So weit das »We are family!« der Hamburgerinnen. Ansonsten aber handelt es sich optisch um eine wild gewürfelte Truppe. Da gibt es zum einen die Bewohnerinnen der Elbvororte – kurz die »Elbschnecken« oder »Elbletten«: Blankeneserinnen, Othmarscherinnen, Nienstedterinnen. Ohne Kalender, der einem bestätigen würde: *›Ja, doch, wir schreiben das Jahr 2008‹*, könnte man, wenn man sie besucht, auch denken, man hat versehentlich eine Zeitmaschine bestiegen und ist zwanzig oder fünfzig Jahre zu früh ausgestiegen. Hier stylen sich die Ladys nämlich gern wie die eigenen Mütter und Großmütter – und noch gerner wie ihre Freundin eine Villa weiter: blaues Kaschmir-Twinset, in der Ellenbeuge die Hermés-Tasche, um den Hals meterlange Halbedelsteinketten in mindestens vierundsiebzig verschiedenen Wickeltechniken. Auf keinen Fall ist die klassische Elbschnecke zu blond, eher »Heidi Kabel reloaded« mit hellen Strähnchen wie von der Sonne geblichen. Oft hilft auch Marlies Möller oder Alexandre (ja! in Hamburg gibt's Pariser Chic!) oder früher Gerhard Meir. »Eine Runde Sylter Blond!«, pflegte Letzterer, als er noch in Hamburg weilte, dem Lehrling, der fürs Farbeanrühren zuständig war, zuzurufen.

Das wäre sie also, die Klischee-Hamburgerin. Dreizehn-Komma-drei Kilometer von der Elbe an der Alster findet sich die Harvestehuderin – und die gibt sich schon schicker. Zwar nach außen immer noch modisch-klassisch, ist sie im Herzen eine ganz Wilde. Das beweisen ihre verruchten bunten Sommerschals und »Woolrich« Strickjacken mit Reißverschluss und Kapuze. Für

Hamburger Verhältnisse fast schon ein Freak: die Eppendorferin (von der elbseitigen Spießerfraktion auch gern als »Eppendorfer Schickse« tituliert). Auf ihrem stadtteileigenen Laufsteg, dem Eppendorfer Baum, zeigt sie Mut zu coolen Trends: Army-, Biker- und Belstaff-Jacken, gern auch kombiniert mit derben Stiefeln. Selbst – oha! – Käppis wurden schon gesichtet.

Völlig jenseits von Gut und Böse sind die »Schanzen-Tanten«. Hier gibt man sich jung, stylisch und anarchistisch und schafft es, selbst die teuersten Designerklamotten scheiße aussehen zu lassen. Die Schanzen-Tante hat eine Schwester im Geiste: die »Karo-Viertel-Trulla«. Ebenfalls manisch kreativ, verkauft sie in ihren kleinen Shops Himalaya-Kristalle und falsche Wimpern. Beide Stadtteil-Bewohnerinnen hätten nichts dagegen, wenn man sich wie bei Apollo 13 komplett vom Mutterraumschiff Hamburg absprengen könnte.

Auch rebellisch und separatistisch – und damit höchst erfolgreich: die Hamburger Modelabels. Sibilla Pavenstedt, Ella Deck, Uli Schneider, »Queen for a Day«, Anna Fuchs pfeifen auf den harten Kliniklook der großen Übermutter Jil Sander, feiern das Leben, die Weichheit, das Frausein, die Kurve. Mal eng, mal geschnürt, mal drapiert – das Auge isst mit. Und was vielleicht noch vor ein paar Jahren für den Witz schlechthin gehalten worden wäre: Ausgerechnet eine Hamburgerin, die Designerin Bettina Schönbach, hat unserer Bundeskanzlerin geflüstert: *›Hallo, Sie sind eine Frau! Sie dürfen weiblich sein! Selbst in Ihrem Job!‹* Schönbach entwirft Merkels neuen »Ladylook«.

Doch egal, wo und in was man die Hanseatin trifft, eins ist sie immer: eine chronische Downgraderin. Nirgendwo ein »Label to watch«, und das, obwohl in dieser Stadt die meisten

Millionäre Deutschlands unterwegs sind. Kein Zickzackmuster, das schreit: »Ich bin Missoni!« Keine ins Haar gesteckten Sonnenbrillen mit goldenem »CD« oder »Chanel« auf dem Bügel. Mehr Sein als Schein. Die Kaffee-Milliardärin fährt ganz bescheiden im Golf vor. In Hamburg-Bahrenfeld isst die stinkreiche Reeders-Gattin ihre Jakobsmuscheln in einem Gelbklinker-Restaurant mit Butzenglas, in dem auch dickbäuchige Brummifahrer vor Gulaschsuppe sitzen könnten.

Fragt man die Verkäuferinnen in den angesagten Möbelläden der Stadt – »Flamant«, »TH2«, »Wäscherei«, »Patio«, »Kröncke« –, werden sie bestätigen: In jeder Hamburgerin steckt eine Araberin. Die Ladys hier handeln für ihr Leben gern. Und ihr Größtes ist es, bei einer Hausführung stolz sagen zu können: »DAS Teil hab ich von Ikea.« Klammer auf: Bin ich nicht der Fuchs? Klammer zu. Das »Stadthaus«, ein Möbelgeschäft mit gehobenen Preisen in der Neustädter Straße, ist zum Gegenangriff übergegangen: Hier schlägt man seine Kataloge in Papier ein. So kann die Kundin beim Blättern die Herstellernamen nicht lesen und so auch nirgendwo anders billiger bestellen. Man kennt ja seine Pappenheimer.

Was bitte aber nicht heißen soll, dass die Hamburgerin oder ihre bessere Hälfte einen Igel in der Tasche hätte! Um Gottes willen! Für den geplanten Bau der »Elbphilharmonie« – ein gigantisches, drei Konzertsäle umfassendes Kulturzentrum im Sandtorhafen – waren nach nur sechs Monaten mehr als sechzig Millionen Euro Spenden eingesammelt. Gerechnet worden war mit fünfunddreißig.

Tiefstapelei hin oder her, ab und an macht die Hanseatin doch gern auf dicke Hose (und noch dickeres Portemonnaie): Wenn sie nämlich mit ihrem fetten Geländewagen durch den Neuen Wall oder Poelchaukamp kurvt und einen Parkplatz sucht, wo selbst ein Mini kaum Platz hätte. Gemessen an der

Zahl der Cherokees, X5er-BMWs, Mercedes-Offroaders und Touaregs, könnte man glatt glauben, Hamburg liegt im Hochgebirge. Und wenn man einer Hamburgerin so zuhört, könnte man auch meinen, es gebe vielleicht gerade mal fünf Restaurants in der Stadt und maximal drei Lebensmittelhändler, in denen frau was Vernünftiges zu beißen bekommt. Was zum einen daran liegt, dass sie das in Gesprächen mit ihren Freundinnen so beschlossen hat. Und zum anderen, dass sie selten ihren Kiez verlässt, um Experimente zu wagen. Sie braucht ihr »Revier«, das Gefühl, geschützt zu sein, sich auszukennen. Nie würde sie unaufgefordert in »irgendein« Restaurant fahren, das »irgendwo« aufgemacht hat. Sie will eine Einladung. Mit ein Grund, warum in dieser Stadt ohne Public Relations nichts läuft. Hat sie ihre Einladung, geht sie auch aus, die Hamburgerin. Und freut sich riesig, alle die zu treffen, die sie ohnehin schon kennt.

Lernt sie dann doch mal neue Leute kennen, brennt sie darauf, gleich nach der Begrüßung ihre absolute Lieblingsfrage unterzubringen: »Und wo wohnen SIE?« Wobei sie diese Frage kreativ variiert, zum Beispiel: »Und SIE wohnen wo?« Gegen Steilshoop, Mümmelmannsberg und St. Pauli hat sie natürlich nicht das Geringste. Auch wenn sie gehört hat, dass hier immer die Drogendealer um brennende Mülltonnen herumtanzen.

Die Hamburgerin verteidigt ihren Standpunkt. Und sei es, dass der fünfzig Quadratzentimeter groß ist und sich zwischen einer Schaufensterscheibe und einer Baugrube befindet. Neulich so geschehen vor dem Geschäft »Low Budget« zwischen »Fische Schmidt« und Isestraße. Da wollte eine Passantin (ich) an einer anderen Passantin (grimmig) vorbei. Die sich auch durch mehrere »Entschuldigen Sie bitte!« nicht von der Stelle rührte. Und schließlich unwirsch ausrief: »Nein, hier steh ich, gehen Sie doch außen rum!«

Die arrivierte Hamburgerin geht selten in schicke, trendige Nachtclubs oder Bars oder Diskotheken oder Lounges, um nach einem witzigen Abend noch einen Absacker zu schlürfen und coole Typen zu gucken. Was weder an der mangelnden Spaßbereitschaft der Hamburgerin liegt noch an ihrem fehlenden Appetit auf Absacker, noch an dem mangelnden Interesse am Typen-Gucken. Nein, der Grund ist: Es gibt in dieser Stadt kaum Nachtclubs. Und immer wieder scheiternde Versuche, das zu ändern. (Zurzeit halten sich wacker der »Night Club« und die »China Lounge«, beide Reeperbahn.) So findet die Mehrzahl der Verabredungen in Restaurants oder zu Hause statt.

Ein hartes Brot für Junggesellinnen. Oder Scheidungsverwaiste. Oder die, die mal Bock haben auf alleine. Denn was ist das Liebste der Hamburger Einladenden? Wo sie dekoriert und kocht und vorher noch mal zum Friseur geht? Richtig. Ein Abendessen unter Paaren. So richtig gemütlich. Single-Artgenossinnen sind gleichzusetzen mit Unruhe bei Männern und einer ungeraden Anzahl von Stühlen. Nein danke.

Die Hamburgerin ist stoisch. Wenn man im tiefsten Winter über die Hecke vom »Club an der Alster« späht, sieht man sie mitten in der Stadt im dampfenden Freiluft-Pool ihre Bahnen ziehen. Natürlich alle im Schwimmeinteiler à la Franzi van Almsick – schließlich machen wir hier Sport! kein Striptease! Es lebe die Gesundheit! –, und ganz wichtig auch, oberste Regel für Neuzugänge: Niemals – niemals! – den älteren Damen die angestammten Bahnen streitig machen. Auf die haben sie ein Geburtsrecht. »Noli turbare circulos meos« – »Zerstöre meine Kreise nicht« – hat Archimedes mal gesagt. Im Herzen eben auch eine wahre Hanseatin.

Und dann gibt es noch die Hamburger Majestäten, Frauen, die sich in keine Schublade pressen lassen, denn der liebe Gott hat sie nur ein einziges Mal gebaut und anschließend seine Schablone weggeworfen. Ihr Thron steht in Agenturen, Palais, Kanzleien, Büros, Arbeitszimmern, Firmen und Verlagen, sie heißen Alexandra, Nessrin, Sabine, Ulli, Inga, Dagmar, Angelika. Sie leben den Satz: Jeden starken Mann stützt eine starke Frau – und die kann sich wunderbar alleine gerade halten. Sie machen »ihr Ding«, sind erfolgreich, verdienen Geld, wissen, wer sie sind und was ihnen guttut, die wahren Erbinnen der Alice Schwarzer.

Also, warum lange drum rumschreibseln, wer die Hanseatin ist oder was sie ausmacht. Berlinerinnen, Münchnerinnen, Düsseldorferinnen, Frauen aus Frankfurt, Stuttgart, Wuppertal, Klein Rönnau – alle mal hergucken:

SO müsst ihr sein! Einfach tolle Frauen.

PS: 23 Uhr 21 – ein Arbeitszimmer in Harvestehude:

Ich sitze gebeugt über meiner Tastatur. Langsam schleicht sich die Wehmut ein bei mir. Noch ein paar Jahre, ein Labskaus- und zwei Stint-Kochkurse – und aus mir wäre auch eine echte Hanseatin geworden! Doch ausgerechnet jetzt ziehe ich weg, verschlägt

mich das Schicksal nach Brandenburg. Zehn Jahre Einbürgerungs- und Heimisch-werd-Versuche in den Sand gesetzt! Meine neue Destination? Potsdam in Brandenburg. Na ja, immerhin noch »Burgerin«.

Hausumbau

Oder: Die Domina in Lourdes

Ein Hausumbau ist wie ein Kind kriegen. Man muss unter Schmerzen gebären.

Und gemessen daran krieg ich mindestens Zwillinge.

Nun haben wir eigentlich eine sehr schöne Baustelle, wenn nicht sogar die schönste weit und breit: eine mit gleich *zwei* Dixie-Klos, einem umgefallenen Blauregen und riesigen kackbraunen Maulwurfshügeln aus zusammengeschobener Erde, alten Kabeln und verrosteten Irgendwas.

Voller Stolz und tief ergriffen fahren Schatzi und ich jeden Sonntag zum Ort des Geschehens und schieben uns durch den windschiefen Bauzaun, als ob wir eine Wallfahrt nach Lourdes machten.

Und schon juckt's uns in den Händen. Getreu dem Motto »Wohnst du noch oder gräbst du schon?« möchten wir am liebsten gleich selbst zum Presslufthammer greifen.

GROSSER FEHLER!

Mein Rat nach zweimal Hausumbauen: Arbeit unbedingt den Fachleuten überlassen! Nur so stellst du sicher, dass auch wirklich jemand die Baugerüstbohlen in dein schönes Efeu wirft. Auch Elektroschlitze in malerischen alten Backsteinwänden kriegt so nur der Experte hingepfuscht.

Und als Schatzi noch auf Etage wohnte, beneideten ihn alle seine Bekannten um seinen Installateur. Er hatte den Handtuchhalter mit den Gelenkarmen nicht waage – sondern senkrecht an die Wand geschraubt.

In solchen Momenten verstehe ich immer, warum es

Bau*herrin* heißt. Man verspürt nämlich das charmante Bedürfnis, den Kollegen von der bauenden Zunft niederknien zu lassen, ihm den Stiefel in den Nacken zu setzen und ein bisschen den nackten Popo zu versohlen.

Apropos nackig – es gibt ja durchaus sexy Gewerke, Zimmerleute zum Beispiel (Schatzi, bitte weglesen!) sind meist lecker muskelbepackt. Und dann haben sie noch diesen Drang, sich obenrum frei zu machen, während sie an ihren Dachpfannen rummachen. Sehr begrüßenswert.

Punktabzug gibt's bei den Jungs aus dem Klempnergewerbe. Hier hängt – goldene Regel – gern die Hose und entblößt zwei fast immer blasse Brötchen.

Wichtig aber, um nicht zu sagen *oberwichtig* fürs Bauen ist, dass man sich im Dschungel der Baugesetze auskennt. Besonders verweisen möchte ich in diesem Zusammenhang auf Paragraph 1, Absatz 1 des deutschen Baugesetzbuches: Der Beamte hat Recht. Ergänzt durch Paragraph 2, Absatz 2: Der Beamte hat immer noch Recht.

Gestern hatten wir Baubesprechung.

Wir sind ja jetzt schon in einer fortgeschrittenen Phase. Und ich bin etwas ruhiger geworden. Ich hab nämlich gehört, wer nicht lieb ist, dem werfen die Maurer eine alte Fischdose hinter die Trockenbauwand. Will man ja nicht wirklich.

Diskussionsgegenstand heute: die Toilettenschüsselhöhe. Kniekehlenumschmeichelnde zweiundvierzig oder Reinhold-Messner-mäßige sechsundvierzig Zentimeter? Der Gesetzgeber hält sich da feige raus.

»Tja, Frau Kessler«, meint einer der baupsychologisch geschulten Fliesenleger, »da müssen Sie wohl mal zu Hause Probe sitzen.«

Ab mit dem Wurm auf die Knie!

Angebissene Goldfische

Oder die Frage: Brauchen Mufflons Berge?

Seit wir in Potsdam wohnen, ist mir, der ignoranten Städterin, alles auf vier Beinen plötzlich sehr viel näher gekommen.

Auf dem Weg nach Berlin kann es sein, dass einem irgendwas Dickes mit Hörnern vor die Kühlerhaube rennt. Ein Blick ins Tierbilderbuch meiner Kinder legt den Verdacht nah: Es ist keine Kuh. Auch Pferd und Fuchs scheiden aus.

Es hat die Familie Diekmann-Kessler einige Tage des Knobelns gekostet, aber jetzt kann ich Ihnen stolz die Lösung präsentieren: Mufflons!

Wie selbstverständlich mir das Wort über die Lippen kommt – beziehungsweise aus der Tastatur! Aber ich gebe zu: Anfänglich hat mich die Erkenntnis verstört. *Mufflons?* Brauchen die nicht *Berge*? Das ist ja, als ob ein Fisch beschließt, plötzlich auf dem Land zu leben.

Auch verschreckt hat mich die Erkenntnis, dass wir nachts quiekende, grunzende Maulwürfe im Garten haben. Schon drei Tage nach unserem Einzug war der Vorgarten jeden Morgen ein Acker, übersät mit schwarzbraunen Erdhuckeln. Und mir war auch nicht bewusst, dass Maulwürfe derartig viel kacken. Man kam kaum trockenen Fußes zur Haustür.

Eine Woche später schon ging dann die Antwort mitten am helllichten Tag in Kleinmachnow, einem Nachbarort von Potsdam, auf der Kreuzung spazieren: Wildschweine. Ganz selbstverständlich. Es fehlte nicht viel, und die Obersau hätte die Campingstühle ausgepackt, um es sich mit ihren Frischlingen auf der Verkehrsinsel bequem zu machen. Nicht zu fassen.

Dass mit den borstigen Kollegen nicht zu spaßen ist, zeigt ein anderes Erlebnis.

Irgendwann standen Schatzi, die Kids und ich nämlich hinten im Garten vor einem besonders tiefen schwarzen Wühlloch, in dem nur noch ein Hundehalsband und eine zerfetzte Decke lagen. Recherchen ergaben, dass unser Vormieter hier seinen Kampfhund begraben hatte. Und was so ein drei Monate toter Kampfhund ist, der schmeckt Wildschweinen natürlich besonders gut. Seither lese ich im Restaurant den Hinweis »frischer Wildschweinbraten« mit gemischten Gefühlen.

Und um die Tier-Horrorgeschichten aus Potsdam würdig abzurunden, hier noch die Geschichte vom Goldfischglas der Kinder, das seit Weihnachten bei uns auf dem Küchentisch steht. Heute – ich biss gerade in mein Lammkotelett – stellte ich fest, dass eines der Fischchen ein bisschen gestorben war. Was seine Kollegen zum Anlass genommen hatten, ein bisschen an seinen Flossen rumzuknabbern. Diese Kannibalen.

Während ich noch wie paralysiert in das Glas starrte, schrien meine Kinder: »Mama, rausholen! Los!«

Mit einem Suppenlöffel fischte ich also das eklige Scheißviech aus seinem nassen Grab. Und natürlich durfte ich es auch nicht so einfach in den Mülleimer schmeißen, sondern es musste mit allem Zipp und Zapp und Kreuz im Garten bestattet werden.

Und jetzt komm ich zum Punkt: Wenn meine Kinder wenigstens bestürzt gewesen wären. Aber sie holten sogar noch aufgeregt schnatternd die Nachbarskids. Ich schwöre Ihnen! Nur die Aussicht auf Erdbeertorte hätte größere Begeisterung ausgelöst als diese Fischbeerdigung.

Und wenn Sie mich jetzt fragen, wer hier die Bestien sind – ab heute kann ich es Ihnen nicht mehr beantworten …

Gouda beim Italiener

Oder: Wie doof ist meine Frau?

Kennen Sie das auch? Dass Sie denken, wenn *ich* mein Mann wäre, würde ich mich manchmal fragen: Wie doof ist eigentlich meine Frau?

Schatzi und ich waren zum Beispiel gerade frisch verliebt und gingen einkaufen in ein italienisches Käsegeschäft. Und was war die erste Frage, die ich am Tresen rausließ? »Haben Sie *Gouda*?« Schön bescheuert, nicht? Erst nachdenken, dann reden!

Dann sollte ich Schatzis besten Freund kennen lernen: Lars, Augenoptiker aus Bielefeld. Oberwichtiger Termin – muss man keinem erklären. Wir trafen uns abends zu dritt beim Italiener, und ich ganz eifrig: »Du bist doch Uwe, der Apotheker.« Kam nur bedingt gut. Und von dieser Art gibt es noch viele schöne Anekdoten (die ich hier aber nicht alle auflisten möchte – nicht dass Schatzi nachträglich ins Grübeln kommt).

Leider zu selten verirrt er sich auch selbst mal in den Club der Doofen. Unsere Tochter Yella kündigte sich an, und mein Mann setzte das erste und letzte Mal seinen Fuß in ein Ikea-Haus. Etwas hilflos irrte er die Verkaufsstraßen hinunter, der slalomartige Verkaufs-Parcours wollte ihm schon mal gar nicht einleuchten. Und endlich in der Babyabteilung vor den Zehn-D-Mark-»Gullunge«-Wickelauflagen angekommen, meinte er: »So, jetzt brauchen wir nur noch eine Verkäuferin!« Klar. Samstagmittag. Alles gerammelt voll. Vielleicht packen die's ihm ja auch als Geschenk ein.

Seit fünf Jahren nun gibt es unseren Sohn Caspar – und damit Gott sei Dank noch eine dritte Person im Haushalt Diekmann-Kessler, für die man sich so richtig schön fremdschämen kann. Zum Beispiel holte ich ihn neulich vom Kindergarten ab, voller Stolz griff er sich in die Hosentasche und erklärte den umstehenden Muttis: »Ich hab dicke Nüsse!« Das waren dann die Kastanien, die er gesammelt hatte.

Und er war damals drei, als wir mit ihm in eine Baumschule fuhren. Wegen der schweren Trecker dort mussten alle orangefarbene Sicherheitswesten tragen. Caspi reichte seine bis zu den Füßen. Außerdem hielt er noch, ähnlich einer olympischen Fackel, eine geschälte Banane in der Hand. Wir Umstehenden pinkelten uns fast in die Hose vor Lachen – so komisch sah das aus. Worauf der süße kleine Caspi seine süße kleine Stirn krauste, grimmig den neben ihm stehenden Baumschul-Vertriebsmenschen fixierte und sagte: »Dasz iszt gar nicht lusztig, Du Arszloch!« (Nur mal am Rande: Von *mir* hat er das Wort nicht!)

In unserem Fremdschäm-Team dürfen wir seit dem Wochenende auch Caspars Bruder Kolja begrüßen (im Oktober drei geworden). Am Samstag waren wir mit ihm auf dem Markt und trafen eine nette ältere Bekannte. Die streichelte ihm über den Scheitel – »Na, du bist ja ein Süßer!« –, worauf Kolja wissen wollte: »Kommst du bald in den Himmel???«

Und heute Mittag beim Italiener baggerte er mal eben die Frau am Nachbartisch an: »Willst du mich heiraten? Ich bin drei Jahre und ein Junge.« Nun könnte man ja sagen: »Dumm ist das Kind nicht! Macht wenigstens gleich Nägel mit Köpfen!« – wenn die Dame nicht so bestürzend unattraktiv gewesen wäre.

Jetzt haben wir Sonntagabend – und soeben ist Omi Kiel unangenehm aufgefallen, weil sie Rotwein in den Kühlschrank gestellt hat. O nein! Aber ich muss auch sagen: ein wohliges Gefühl! Erinnert mich so schön an meinen Kellnerjob vor zwanzig Jahren in der Kieler »Pizza World«. Zwei Geschäftsleute bestellten Warsteiner. Und ich, voll auf dem Spezi- und Alsterwasser-Trip, erkläre eifrig: »Kenn ich zwar nicht! Kann ich Ihnen aber mischen!«

Wobei ... Die letzte Anekdote behalten Sie lieber für sich. Die ist, glaube ich, doch zu doof.

Arsen & Spitzenhäubchen

Oder: Papa zum Abwischen

Gestern war einer dieser Tage, an denen ich verstanden habe, warum Frauen ihren Männern Strychnin ins Essen rühren.

Ich war mit Schatzi auf unserer Baustelle. Nun stellt man sich ja als Frau vor, dass der Mann, für den man den ganzen Krampf hier auf sich nimmt, juchzend von einer C30-Wand zur nächsten Abkofferung geht und fassungslos vor Begeisterung nur »Wow! Wow! Wow!« rausbringt.

Nicht so Schatzi.

Wie ein Admiral bei der Abnahme der Flottenparade rauscht er durch die Räume, um den ersten Zwischenstopp vor einem Kaffeepott einzulegen, der auf einem Stapel Holz steht.

Sie lesen richtig: einem Kaffeepott. Natürlich nicht *irgendeinem* Kaffeepott: Es handelte sich um seinen LIEBLINGS-Kaffeepott! Aus PANAMA! Von seiner REISE! Und ich hatte

doch tatsächlich in dem Ding den Klempnern Kaffee serviert. BÖSE!

Also, die Quintessenz aus zehn Minuten Lamento möchte ich so formulieren: Wenn es mal so weit ist, hoffe ich, dass Schatzi an meinem Grab genauso weint wie bei dem Gedanken, seiner verschissenen Tasse könnte etwas zugestoßen sein.

Nächster Programmpunkt: das Arbeitszimmer. Wo ER denn bitte in Zukunft Platz für SEINE Sachen habe? Tiefe Sorgenfalten, die sich quer über seine Stirn ziehen, zeigen: Hier leidet ein Mann, den seine Familie behandelt wie Hund. Seine Schallplattensammlung, seine alte Ledermotorradjacke, seine ausgedienten Bikerstiefel, seine niemals benutzten Dings und seine noch zu gebrauchenden Dongs – er hat ja nicht viel, nur geschätzte drei Überseecontainer voll, und die möchte er, muss man verstehen, gut aufbewahrt wissen.

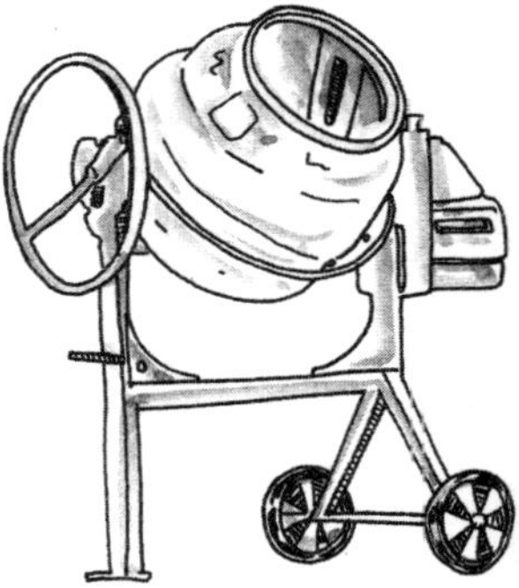

Ich sag's ja: Das Mitführen von Taschentüchern sollte für Ehefrauen und Mütter Pflicht sein. Ob Babys Popo oder schluchzender Papa, irgendwas ist immer abzuwischen – nur nicht die Tücher durcheinanderbringen.

Vorerst letztes Thema: der Garten. Hier ist Schatzi jetzt ausnahmsweise total entspannt. Im Prinzip ist ihm alles egal, er will nur wissen, wo welches Gänseblümchen wächst. Und kleines Memo: Sein Fußballrasen darf nicht zu klein werden.

Während wir so im Gänsemarsch durch den Schlamm stapfen, er vorneweg, ich hinterher, denke ich darüber nach, dass ich ihn trotz alledem liebhabe.

Also kein Strychnin.

Vielleicht nur ein hübsches möbliertes Zimmer irgendwo weit weg. Und wenn er artig ist, darf er uns besuchen.

Aber erst in fünfzig Jahren.

Schlingel-Alarm!

Oder: Das Geld in der Pfefferminzfußcreme

Mein dreijähriger Sohn Kolja hat's echt schwer: Kürzlich kam er aus dem Kindergarten und hatte zwei interessante kreisrunde Löcher in der Strumpfhose, durch die die Kniescheiben schielten.

»Dasz war Szonja!«, erklärte er mit charmantem Lispeln. »Mit der Szere!«

Die Böse! Also wozu Kindergärtnerinnen heutzutage nicht alles in der Lage sind ... Als Mutter lernt man da ja nie aus. Auch im Ärmel seines schönen neuen Hemds war an mehreren Stellen für Belüftung gesorgt.

Und dann, vor einer Woche, während unseres Urlaubs im Allgäu: Da steckten in meiner Pfefferminzfußcreme jede Menge Centstücke. Eine Nachfrage bei Kolja, der gerade verdächtig weiße Finger am Fußbodenbelag unseres Hotelzimmers abwischte, ergab diesmal: »Dasz war Opa Bielefeld! Du muszt mit ihm szimpfen!« Dabei zuckte er mit keiner Wimper.

Nun liege ich seit ein paar Tagen nachts wach und frage mich: Ist mein Sohn vielleicht kriminell? Jeder Gauner hat ja schließlich mal klein angefangen.

Und Koljas Strafakte ist schon jetzt recht lang: Er war keine zwei, da schlich er sich von hinten an Frau Dippy, seine Spielplatzaufsicht, heran und biss ihr in den Popo. Nun darf man sich Frau Dippy nicht als Pamela Anderson vorstellen, eher als Mutter Beimer. Aber das tat seiner männlichen Begeisterung für weibliche Formen keinen Abbruch. Eva, un-

Opa Kiel

serer Zugehfrau, hapste er in den Busen, der Dame in der Buchhandlung schaute er unter den Rock.

Und vor gut drei Monaten legten wir ihn mittags schlafen. Die Zeit nutzte er allerdings, um sein »Was ist was?«-Kinderbuch zu ermorden: Keine halbe Stunde später flatterten tausend kleine Fetzen in seinem Bettchen herum.

Es scheint mir in diesem Zusammenhang wichtig, auf das Thema Gene zu sprechen zu kommen. Er KANN das alles nur von seinem Opa Kiel selig haben.

Wenn früher die Mädels vom Fernsehballett auftraten und die Beine zum Spagat warfen, dann rückte er zu Studienzwecken seinen Sessel immer ganz dicht vor den Bildschirm. Im Straßenverkehr fuhren grundsätzlich die anderen falsch. Und was abends als Spaziergang mit Schaufenstergucken für meine Mutter deklariert war, endete recht zügig vor einem Teller Ochsenschwanzsuppe mit Bier in der Wirtschaft.

Was soll's? Wär's nicht so, gäb's mich nicht. Und, ach ja, noch diese Anekdote: Als mein Bruder, Koljas Onkel, vor dreißig Jahren zu Weihnachten eine Laubsäge geschenkt bekam (da war er ungefähr acht), erwies auch er sich als wahrer Erbgutträger seines Vaters: Er sägte mal eben eine Ecke unseres Wohnzimmerschranks ab.

Bis dahin hat Kolja hoffentlich noch ein bisschen Zeit.

Aber eines kann ich mir in dieser Hinsicht schon mal von Omi Kiel abschauen: immer lächeln.

Neulich bei der Bank

Oder: Taschengeld in Liechtenstein

Oah, ich habe eine Stinkewut in mir!

Omi Kiel war gestern mit Yella (6) und Caspi (5) in Potsdam bei der Bank unseres Vertrauens, um zwei Sparbücher zu eröffnen. Nachdem sie die Kinderausweise und zwei Portemonnaies mit dreiundzwanzig Euro achtzig auf den Tresen gelegt hatte, hieß es allerdings bedauernd: »Nee, nur wenn Vaddi *und* Muddi dabei sind.«

»Und wenn Vaddi nicht kann, weil er arbeitet?«, hakte Omi Kiel vorsichtig nach.

Ein derartig exotischer Fall schien der Bankfrau noch nicht untergekommen zu sein. »Na gut«, erbarmte sie sich nach einigem Zögern, »dann wenigstens eine schriftliche Vollmacht!«

Okay, denkt man sich, soll ja alles korrekt sein in Deutschland! Nicht dass der Caspi sein Taschengeld aus Steuergründen heimlich nach Liechtenstein oder auf die Cayman-Inseln verschiebt. Und anschließend wird Schatzi völlig überraschend dafür verhaftet.

Also, Kommando zurück. Den enttäuschten Kindern (schließlich hatten wir ihnen seit Tagen die Freuden des Krötensparens schmackhaft gemacht) die Pudelmützen wieder übergestülpt und ab nach Hause.

Eine Stunde später nächster Versuch. Ich gehetzt, weil ich mich vom Schreibtisch loseisen musste. In der Handtasche ein schnell geschriebenes Erlaubnis-Fax von Schatzi. Wieder schieben die Kinder ihre Portemonnaies rüber, ihre Nasen reichen kaum über die Tresenkante: »Wir wollen ein Konto eröffnen«, kommt's schüchtern mit piepsiger Stimme. Und wer Mutter ist, weiß: Da bumpern jetzt zwei Herzen aufgeregt unterm Anorak.

In der Bank hat wohl gerade ein Schichtwechsel stattgefunden, jedenfalls: neue Schalterfrau – neues Klobürstengebaren. »Nee, dafür müsst ihr einen Termin vereinbaren«, wird uns erklärt. Für zwei Sparbucheröffnungen bräuchte sie nämlich mindestens eine halbe Stunde, aber gleich hätte sie einen Beratungstermin.

Ein Blick in die Schalterhalle hinter mir: leer. Ein Blick nach vorne: zwei weitere Kollegen, die gerade die Erfindung der Zeitlupe feiern. Aber wer weiß? Vielleicht meißelt man ja in diesem innovativen Institut die Buchstaben in die Antragsformulare. Eine Ahnung beschleicht mich: Das hier ist keine Bank, das ist eine Fusion aus Golf-Club und Behörde. Man nimmt nicht jeden, und Service am Kunden ist kapitalistischer Käse.

Nach ein paar Wut- und Besinnungsminuten im Kontoauszugsdrucker-Vorraum steht unsere kleine Delegation nun zum dritten Mal vor dem hässlichen Resopalschalter: »Ich! Will! Aber! Jetzt! Bedient! Werden! Ich! Will! Nicht! Wieder! Gehen! Ich! Will! Ein! Konto! Eröffnen!«

Die Trulla muss doch zu knacken sein! Was ich nicht weiß: Sie hat ihren Kurs »Wie verhindere ich Kunden« mit Diplom abgeschlossen. Ein Blick in Schatzis Erlaubnis-Fax, ein bisschen wichtiges Rumgetippe im Computer, dann die Feststellung: »Ihr Mann hat ja gar kein Konto bei uns!«

»Ja und? Was hat das jetzt damit zu tun?«, frage ich.

»Weil, dann muss er persönlich erscheinen«, erklärt sie mir.

Aaaaaaaaaaaaaaaaaaah! Und täglich grüßt das Murmeltier …!

Die Geschichte ging dann so aus: Ich machte noch ein bisschen Terror in dem Sauladen, forderte den Namen der Schaltertrulla (juckte sie nicht die Bohne; wahrscheinlich

garantiert ihr der Arbeitsvertrag die Frührente mit dreißig bei vollen Bezügen), wollte den Filialleiter sprechen (leider auch nicht anwesend; wahrscheinlich schon auf den Fidschis) und drohte mit der Auflösung meines Girokontos (ich glaube, in dieser Sekunde lachten die sich hier alle erst recht tot).

Und jetzt? Stehe ich mit meinen zwei verstörten Kindern und einem Vordruckzettel »Kontoschließung« (Sie ahnen es: Auch Moneteneinsammeln und »Tschüss!« sagen ging hier nicht ohne weiteres) wieder vor dieser Erpresser-Bank.

Aber was mich wirklich bedrückt: dass die Familie Diekmann-Kessler in Potsdam irgendwann völlig einsam und alleine dasteht. Denn in unser Lieblings-Café zum Schokokuchenessen können wir nach einem kleinen Service-Unfall leider auch nicht mehr.

Aber this is another story …

Zitronen-Tarte & Belgisch Nuss

Oder: Wer sagt eigentlich, dass ein Kuchencafé auch Kuchen verkauft?

Unser Ex-Lieblings-Café liegt im Holländischen Viertel in Potsdam und suggeriert arglosen Besuchern mit seinen gemütlichen Omi-Kaffeetrink-Sofas und der prallgefüllten Kuchenvitrine, dass der Besitzer auch tatsächlich Kaffee und Kuchen verkaufen möchte. Man ist manchmal eben einfach einfältig.

Die erste Lektion ereilte meine Freundin Bettina. Sie wollte telefonisch eine ganze Zitronen-Tarte bestellen. »Um Himmels willen!«, hieß es in guter alter Ostblock-Zuteilungsmanier. »Eine GANZE? Und unsere anderen Gäste?« Motto: Du verfressene Kuh kriegst nicht alles allein.

Nun ist der Mensch ein Lemming und rennt immer weiter geradeaus, auch wenn ihm die anderen Lemminge blutige Ansichtspostkarten aus dem Abgrund schicken.

Jedenfalls: Ungeachtet dessen beschlossen Schatzi und ich eines Wochenendes, mit Omi Kiel und unseren vier Kurzen zum Tortenessen einzurücken. »Reservier lieber vorher!«, trug meine bessere Hälfte mir auf, denn die Vorstellung, hier die Belgisch Nuss – da er, und beide kommen nicht zusammen, weil's keinen Tisch gibt – so was kann er nur schwer ertragen.

»Nö« und nochmals »nö«, meinte die Dame am Telefon, »wir reservieren nicht.« Und dann, wie die Puffmutter im Stundenhotel: »Kommen Sie einfach vorbei! Wir haben so eine hohe Fluktuation, da wird immer was frei.« ›Okay‹, denkt der Lemming in mir, ›dann ist das wohl so!‹ Als wir eine Viertelstunde später im Gastraum einen freien Tisch ansteuern, hat westlicher Kapitalismus vom Laden Besitz ergriffen: »Hier können Sie nicht sitzen. Hier ist reserviert.«

Und ich (mit vor Empörung beschämend kieksiger Stimme): »Aber ich habe angerufen! Und es hieß, Sie reservieren nicht.«

»Ja, aber das ist ja auch für Abendbrot.«

»Aber es ist HALB VIER!!! Außerdem wurde gar nicht gefragt, ob wir vielleicht auch Abendessen wollen.«

Am Ende einer fünfminütigen Sinnlos-Debatte stehen wir wieder auf der Straße, akustisch begleitet von Caspis ohrenbetäubendem Geheule: »Mein Lieblingskuchen! Mein Lieblingskuchen!« und Yellas und Koljas verschrecktem »Was ist denn, Mama? Mama, was ist?«

Seither macht die Familie Diekmann-Kessler einen fetten Bogen um den Laden. Und wenn wir mal zufällig im Gespräch drauf kommen, dann bestätigen Schatzi und ich uns gegenseitig , wie schrecklich und ekelhaft diese Belgisch Nuss und diese Zitronen-Tarte im Prinzip immer geschmeckt haben.

Wobei – um diese These noch nachhaltiger zu belegen, müsste man vielleicht noch mal schnell ein Stückchen Belgisch Nuss und ein Stück Zitronen-Tarte holen. – Mmmh, ja … Eine, wie soll man sagen?, sehr vernünftige Idee.

Duschen zum drin Duschen

Oder: Gestatten – Bauherrenzicke!

Es gibt Fragen, auf die will man gar keine Antwort.

Diese zum Beispiel, die ich meinem Freund Alberto gestern auf unserer Baustelle stellte: »Glaubst du, ich bin eine Bauherrenzicke?«

Er dachte ein bisschen zu kurz nach und antwortete ein bisschen zu schnell: »Ja!«

Nun ist es unüblich, Freunden schon vor dem Richtfest Hausverbot zu erteilen (ich meine, wenn sie noch nicht mal Gelegenheit hatten, irgendwas Hübsches, Teures kaputt zu machen), aber Albertos Schicksal hing für einen Moment am seidenen Faden.

Muss er gespürt haben, er schob nämlich gleich ein bisschen Schmerzmittel nach: »Weißt du, Katja, Karstadt würde auch perfekt funktionieren, es sind nur die Kunden, die stören.«

Das habe ich mir gemerkt.

Tatsächlich wäre jede Dusche viel schneller, kostengünstiger und nervenschonender gefliest, wenn der Bauherr nicht immer mit dem lästigen Gedanken kommen würde, dass er darin auch duschen will.

Querulant.

Und ehrlich: Auch bei der Steckdosenfrage sind viele Bauherren echte Querköpfe. Da findet der Elektriker nach uralten, von Elektriker zu Elektriker überlieferten Wünschelrutenritualen endlich die sinnloseste aller Sinnlos-Ecken, um hier mindestens vier Steckdosen zu installieren – und was ist? Er muss alles wieder rausreißen. Das staubt, das kostet Zeit und macht alle unfroh.

Also, Hand aufs Herz!, das Beste für den reibungslosen Ablauf einer Baustelle ist: Der Bauherr bleibt weg. Am besten bis zu seinem Lebensende.

Jungs …

Oder: Nichts als die Wahrheit!

Seitdem ich Söhne habe, weiß ich, wo Männer ihr Problem haben.

Natürlich da, wo Frauen das vermuten. Aber auch noch eine Etage höher. Ich will es so beschreiben:

Wenn meine Tochter morgens aufsteht, funkt ihr Auge ans Hirn: »Achtung, Buntstifte gesichtet! Sofortige Massenproduktion von Pferdebildern starten!«

Wenn meine Söhne aufstehen, dann sieht der Funkspruch so aus: »Wortlos zur Toilette schlurfen! Anschließend Gegner suchen und Fresse polieren!«

Es ist eine Frage von Minuten, dann kullert ein Menschenknäuel aus vier Armen und vier Beinen in Boeing-Lautstärke durchs Haus.

Nun ist es so – das beste Gegenmittel gegen Schreien ist: noch ein bisschen lauter schreien. Das muss man nur etwa eine Dreiviertelstunde durchhalten, schon ist wieder Ruhe. Wobei – jede Mutter wird mich hier verstehen – man in dieser Dreiviertelstunde ungefähr fünfundvierzigmal den Einsatz von Eierkneifern erwägt.

Nächster Tagesordnungspunkt: »Wir sind weltallerbeste Kumpels«. Yella ist mittlerweile in pinkem Tutu zum Ballett gegangen, und Caspar und Kolja sitzen mit schmutziger Lache vor ihrem Haufen Spielzeugtiere. (Das geht natürlich nur, wenn man zuvor auch sämtliche anderen Spielsachen aus dem Regal gerissen und zu Haufen geschichtet hat.) Jetzt wird Arche gespielt. Das ist bekanntlich diese Geschichte mit

Löwen und Tauben, die alle friedlich zusammen Boot fahren. Nachdem schon nach zwei Minuten der Löwe die Tauben gefressen hat, packt Caspi nun die Giraffe mit beiden Händen an den Beinen, richtet ihren Hals auf seinen kleinen Bruder und erklärt: »Das ist ein Gewehr, und du bist tot, peng!«

»Du bisz nich' mehr mein Freund!«, ruft Kolja.

Dann raufen sie wieder ein bisschen.

An dieser Stelle muss doch mal eine Frage erlaubt sein: Für alles gibt es Züchtervereine – für Hamster, Karpfen, Kampfhunde. Aber wo ist der Interessensverband »Bengelhalterinnen e. V.« – am besten gleich mit angeschlossener Psychoklinik?

Neulich war ein mobiles Katzen-Kastrationsteam bei meiner Freundin Eve. Auf dem Küchentisch ging's Kater Pesi an die Nüsse. Ich erspare mir an dieser Stelle den flachen Witz, ob das nicht auch was für meine Söhne wäre. (Jedenfalls: Pesi schnurrt jetzt den ganzen Tag und macht deutlich viel weniger Scheiß.)

Während ich das hier schreibe, fegt Caspar mit seinem Kinderbesen unterm Tannenbaum gerade den kleinen Jesus aus der Krippe. Ich zähle leise: »21 … 22 … 23 …« Und richtig, da höre ich auch schon Koljas Stimmchen: »Ich will auch Dreck! Caszpar gibt mir keinen Dreck ab!«

Ich so über die Schulter: »Caspi, Schatz, gib deinem Bruder Dreck ab! Ist doch genug Dreck für alle da.«

Und wieder Kolja: »Caszpar Diekmann is' kackblöddoof …!«

Gern doch hätte ich den weiteren Dialog auch noch dokumentiert. Aber eine Patschehand krallt sich um meine Computermaus: Yelli ist vom Ballett zurück. Auf www.spiele.de will sie jetzt und sofort das Barbie-Anziehspiel spielen.

Ich halte fest: Es braucht nicht wirklich einen Schniedel, um eine Mutter in den Wahnsinn zu treiben.

Kotzbrocken

Oder: Caspi, ich liebe dich!

Einmal im Jahr fragt sich jede Mutter, ob das mit der Fortpflanzung eine gute Idee war. Einmal im Jahr ist nämlich Kindergeburtstag.

Dazu muss man wissen: Kindergeburtstage funktionieren nach einer streng geheim gehaltenen Einstein'schen Geburtstagsformel. Diese besagt: Alles ist relativ – nämlich relativ egal.

Egal welche Kinder du einlädst, egal wie viel Aufwand du treibst – es ist immer ein Gör dabei, das dich in den Wahnsinn treibt. Dein eigenes nämlich.

Caspis dritten Geburtstag werde ich nie vergessen.

Schon morgens krabbeln neunzig schlecht gelaunte Zentimeter Menschlein aus dem Bett, auf der Stirn der unsichtbare Aufkleber »Heute Kotzbrocken«. Den Kescher auf dem Geburtstagstisch, den er sich so sehr gewünscht hat, will er nicht auspacken, das Hemd hat zu viele Knöpfe, das Müsli zu wenig Joghurt. »Du kommst nicht zu meiner Piratenparty!«, wird jeder bedroht, der nicht spurt. Also alle.

Nach dem Mittagsschlaf ist endgültig Schicht im Schacht: Caspar will das Bett nicht mehr verlassen. Seine vier Gäste, schlägt er vor, soll ich wieder nach Hause schicken. Ich locke ihn mit der Aussicht, dass er abends Pippi Langstrumpf gucken darf. Er bockt weiter. Als ich noch ein Stück Schokolade obendrauf lege, erklärt er gnädig: »Okay, dann gucke ich *jetzt* Pippi Langstrumpf.« Für die Gäste hat er aber immer noch keine Verwendung.

Schließlich darf ich ihn doch in die von mir in ewig langer Nachtarbeit mit jeder Menge Piraten-Schnickschnack dekorierte Küche tragen. Das folgende Kuchenessen gestaltet sich allerdings schwierig, weil niemand außer ihm den Geburtstagskuchen probieren darf.

»Na, du bist sicher auch froh, wenn das hier heute Abend vorbei ist«, meint eine der Mamas, die dageblieben ist.

Ich möchte zurückbrüllen: »Nein, ich bin überhaupt nicht froh. Das hier alles hat scheißviel Arbeit gemacht!! Jetzt wird gefälligst Spaß gehabt!!« Aber ich biete ihr dann doch nur eine Salzstange an. Vom Kuchen will Caspi ja, wie gesagt, nichts abgeben.

Am Ende des Tages sitze ich dann an seinem Bettchen: Den ganzen Nachmittag hätte ich ihn am liebsten ins Tierheim gebracht und gegen ein Meerschweinchen getauscht. Und wären keine Meerschweinchen vorrätig gewesen, hätten sie ihn auch so haben können.

Doch jetzt liegt mein Kind da – blass, still, mit riesen Augen – unter seiner Decke und greift nach meiner Hand. Und plötzlich bin ich mir nicht mehr sicher, wer hier geknickter ist: er oder ich?

Wir beten: »Lieber Gott, mach mich fromm, dass ich in den Himmel komm!«

Caspar schaut mich an: »Ich will aber nicht in den Himmel, Mama, ich will aber nicht tot werden.«

Ich ziehe ihn an mich. Ich drücke ihn fest. Und weine.

Und der nächste Geburtstag wird so gefeiert, wie du es möchtest: ohne Gäste und mit Käferfangen im Garten.

Den Haager Menschenrechte für Anoraks

Oder: Deutschland und die Nächstenliebe

Kennen Sie das auch?

Sie schauen fern und sehen einen Beitrag aus Papua-Neuguinea, wo ein Bettelmönch, der ehemals Milliardär war, nackten Eingeborenen mit Penisköchern die Vorteile des Kochens mit Feuer nahebringt. (Vielleicht hat auch der Mönch den Penisköcher – ich möchte mich da nicht so festlegen.)

Jedenfalls, Sie denken: Sieh an! Ist die Welt doch edel und gut! Ist die Menschheit doch keine faule, selbstgerechte Schweinebande, die nur auf ihren Vorteil bedacht ist!

Dann gehen Sie aus dem Haus und halten's – mal wieder – kaum aus vor lauter »oink! oink!« und »grunz! grunz!« ringsum.

Tatort Babelsberg: Schatzi und ich wollen mit der neugeborenen Lilly und Omi Kiel einen Kakao an der Havel trinken. Eine Idee, die schon andere vor uns hatten. Ein bisschen verloren stehen wir im Eingang – das Ausflugslokal ist gerammelt voll, alle Stühle belegt. Aber nicht, wie man denken könnte, mit Pobacken. Nein, offensichtlich ist es in Deutschland gute Sitte, auch seinen Mützen, Schals und Anoraks einen Platz anzubieten.

Aber das Beste kommt noch: Als der Wirt – natürlich auf Umsatz bedacht – versucht, diese Stühle für neue Gäste loszueisen, erntet er Blicke, als ob er die Den Haager Menschenrechte verletzen würde. Sämtliche Verbrechen der Welt? Ein Scheißdreck gegen das, was er hier gerade versucht.

Und neulich, ich auf Parkplatzsuche in der Hamburger Innenstadt. Ein Auto scheint auszuparken! Ich setze Blinker, warte brav in zweiter Reihe, dass der Fahrer einsteigt und wegfährt. Tut er auch – aber erst fünfzehn Minuten später. Zuvor darf ich ihm noch beim Fischbrötchenessen zugucken. Und wie er sich, am offenen Kofferraum stehend, jeden Finger einzeln mit Zewa abwischt: Das Lenkrad ist aus Leder, damit's keine Flecken gibt. (Letzteres weiß ich, weil ich zwischenzeitlich mal ausgestiegen bin und höflich nachgefragt habe, ob's nicht auch schneller ginge.)

Oder das Haus, aus dem wir ausziehen wollen: Vor vier Wochen hängte der Vermieter ein »Zu vermieten«-Schild an die Straße. Seither spazieren irgendwelche Leute durch den Garten, die sich auch nicht stören lassen, wenn wir da sitzen und Kaffee trinken.

Doch ich habe Hoffnung:

Kürzlich waren Schatzi und ich auf dem Airport Palma. Der Flug war aufgerufen, am Gate drängelte von allen Seiten die übliche Traube Rücksichtsloser. Bis plötzlich links von uns ein Touri, dem offensichtlich das Gratisbuffet im Hotel nicht bekommen war, minutenlang in einen Mülleimer kotzte. Unterbrochen nur von seiner Frau, die ihm dazu neue Tempos reichte. Von Sekund an standen alle artig in Reihe – akkurat und bisschen verlegen.

Wer sagt's denn? Geht doch.

Oink.

Herz im Himmel

Oder: Goodbye, Paps!

Es gibt Dinge, über die mag man keine launige Kolumne lesen. Tod zum Beispiel. Ist ja nicht wirklich ein unterhaltsames Thema. Da bleibt auch mir als Autorin die Flapsigkeit in der Tastatur stecken.

Aber Hand aufs Herz: Das Thema beschäftigt mich, sehr sogar. Die Vorstellung, Schatzi zum Beispiel könnte irgendwann in den Himmel umziehen, finde ich extrem bedrückend. Viel bedrückender als die – zugegeben – sehr unrealistische Vorstellung, eine knackige Zwanzigjährige mit Verständnis für Biedermeiermöbel könnte ihn mir von der Seite locken. Dabei gibt es Geschichten vom Abschied für immer, vom Tod, zu erzählen, bei denen man auch lachen könnte. Als zum Beispiel meine Oma beerdigt wurde. Da standen mein damals dreijähriger Bruder und unser gleichaltriger Cousin am Grab und schauten zu, wie der Sarg in die Erde runtergekurbelt wurde. Alle Großen schluchzten leise, und die Kleinen schmiedeten eifrig Pläne: »Wenn die hier weg sind«, flüsterten sie, »dann graben wir die Oma wieder aus und bringen sie zum Arzt.« Ich weiß noch, obwohl ich ganz klein war: Beim anschließenden Leichenschmaus sorgte das für viele Schmunzler. Immerhin. Und ich erinnere mich auch gut an den Tag, nachdem mein Papa gestorben war. Da nahm ein alerter Bestattungsunternehmer bei uns am Küchentisch Platz. Und Omi Kiel und ich fragten wie aus einem Munde: »Möchten Sie etwas trinken?« Schon komisch. Da ist das Liebste weg, was man hat, und der Kaffee-Anbiet-Reflex funktioniert immer noch. Als der Bestattungsmensch dann seinen Katalog mit den Pappel-Kiefer-Zinksarg-Paketen – jede Seite abwischbar und mit Bildern wie auf der Speisekarte vom China-Restaurant – aufklappte, war das so gruselig, so irreal, dass man eigentlich nur hysterisch lachen wollte. Und am Tag zuvor, als mein Papa aufbrach zum lieben Gott, trennte uns ein Marmeladenbrötchen. Auf das legte Omi Kiel wert, bevor ich, im siebten Monat schwanger, zu ihm in die Klinik fuhr. Angekommen dort in der Klinik, war sein Fahrstuhl in den Himmel leider schon abgefahren. Warum ich das erzähle? Weil ich, wann immer ich daran denke, weine. Aber selbst wenn ich weine, weiß ich: Mein Papa da oben lacht jetzt. Jedenfalls will ich ganz fest daran glauben.